POR UM SIMPLES PEDAÇO DE CERÂMICA

POR UM SIMPLES PEDAÇO DE CERÂMICA

LINDA SUE PARK

Tradução
ENEIDA VIEIRA SANTOS
Revisão da tradução
MARCELO BRANDÃO CIPOLLA

Esta obra foi publicada originalmente em inglês com o título
A SINGLE SHARD, por Clarion Books, Nova York.
Copyright © 2001 by Linda Sue Park.
Copyright © 2005, Livraria Martins Fontes Editora Ltda.,
Copyright © 2011, Editora WMF Martins Fontes Ltda.,
São Paulo, para a presente edição.
Copyright do Discurso © 2012, American Library Association. Publicado originalmente no
Journal of Youth Services in Libraries, verão 2002. Reprodução autorizada.
O autor reivindica o direito moral de ser identificado como autor desta obra.

1ª edição 2005
4ª edição 2016
6ª tiragem 2022

Tradução
Eneida Vieira Santos
Revisão da tradução
Marcelo Brandão Cipolla
Acompanhamento editorial
Luzia Aparecida dos Santos
Revisões
Mauro de Barros
Solange Martins
Dinarte Zorzanelli da Silva
Produção gráfica
Geraldo Alves
Paginação
Moacir Kastsumi Matsusaki
Ilustração da capa
Grahame Baker-Smith

Dados Internacionais de Catalogação na Publicação (CIP)
(Câmara Brasileira do Livro, SP, Brasil)

Park, Linda Sue
  Por um simples pedaço de cerâmica / Linda Sue Park ; tradução Eneida Vieira Santos ; revisão da tradução Marcelo Brandão Cipolla. – 4.ª ed. – São Paulo : Editora WMF Martins Fontes, 2016.

  Título original: A Single Shard.
  ISBN 978-85-469-0043-5

  1. Ficção – Literatura infantojuvenil I. Título.

16-01837   CDD-028.5

Índices para catálogo sistemático:
1. Ficção : Literatura infantojuvenil 028.5
2. Ficção : Literatura juvenil 028.5

Todos os direitos desta edição reservados à
Editora WMF Martins Fontes Ltda.
Rua Prof. Laerte Ramos de Carvalho, 133 01325-030 São Paulo SP Brasil
Tel. (11) 3293-8150 e-mail: info@wmfmartinsfontes.com.br
http://www.wmfmartinsfontes.com.br

A Dinah, que me pediu outro livro.

Agradecimentos

Agradeço ao escultor e ceramista Po-wen Liu, que leu o manuscrito deste livro e fez comentários valiosos a respeito da produção de cerâmica celadon. Quaisquer erros são inteiramente de minha responsabilidade. Minha colega de crítica literária, Marsha Hayes, e minha agente, Ginger Stevenson, continuam a me apoiar com entusiasmo e a oferecer crítica construtiva – uma combinação de valor inestimável para um escritor. Dinah Stevenson e a equipe da Editora Clarion Books fazem com que a publicação de cada um dos meus livros se torne um grande prazer. Cada história que escrevo é para Sean e Anna. Para eles, para toda a minha família e – em especial e sempre – para Ben, minha gratidão sem fim.

Discurso de aceitação da Medalha Newbery

Linda Sue Park

Antes de tudo, gostaria de propor que acrescentássemos oficialmente um segundo "r" ao nome *Newbery*. Assim, nunca mais teríamos de vê-lo escrito errado...

Entendo que é tradicional, neste discurso, falarmos sobre "O Telefonema". Vou fazê-lo agora para encerrar desde já esse assunto – pois não foi um dos meus melhores momentos. Eu tinha ido dormir na noite anterior torcendo pela remota possibilidade de que *Por um simples pedaço de cerâmica* ganhasse uma menção honrosa da Newbery. Era só até aí que meus sonhos me levavam.

Então, quando Kathy Odean se apresentou e disse algo do tipo "Temos a honra de lhe comunicar que *Por um simples pedaço de cerâmica* ganhou o Prêmio Newbery de 2002", eu estava completamente despreparada. A palavra "honra" me deixou confusa, pois eu estava pensando na menção honrosa. Então perguntei: "Prêmio?" "Isso mesmo", disse ela. "Estamos animadíssimos, achamos o livro maravilhoso." "Mas *o Prêmio*?", perguntei novamente. "Isso mesmo, o Prêmio", respondeu ela. "O primeiro prêmio, o da medalha de ouro."

A essa altura, minhas pernas amoleceram, coisa que nunca tinha me acontecido. Lembro que pensei: "Já li isso! 'Suas pernas amoleceram' – então, a sensação é esta!"

Kathy também explicou que o viva-voz do telefone não estava funcionando, de modo que mais ninguém tinha me ouvido fazer papel de boba em meras quatro palavras. Cerca de quinze minutos depois de desligarmos, o telefone tocou novamente. "Olá, é a Kathy Odean de novo…" e tive certeza de que ela estava ligando para dizer que haviam se enganado. Mas não. Ela disse: "O viva-voz já está funcionando, e todos nós queremos ouvir você." Ou seja, tive a honra de receber "O Telefonema" duas vezes no mesmo dia!

De lá para cá, muitas vezes já me perguntaram como cheguei a escrever um livro digno dessa preciosa medalha. Nesta noite, para começar a responder a essa pergunta, quero contar uma história.

Era uma vez um jovem casal coreano. Fazia poucos anos que eles estavam nos Estados Unidos e seu inglês não era muito bom. Moravam na periferia de Chicago, onde um jornal publicou, na página dos quadrinhos, uma série de cartuns em que o alfabeto era ensinado foneticamente. A jovem recortou cada um daqueles cartuns, colou-os nas páginas de um antigo livro seu da faculdade e fez uma pequena cartilha para sua filha de quatro anos. Foi assim que, em seu primeiro dia de escola, aquela menininha, filha de imigrantes coreanos, era a única criança do jardim de infância que já sabia ler.

E foi assim que começou minha vida de leitora – com uma mãe, como em tantas outras histórias. E continuou com um pai que me levava à biblioteca. *Ele me levava à biblioteca.* (Estou me referindo à Biblioteca Pública Park Forest em Park Forest, Illinois.) A cada duas semanas, sem falta, a não ser que estivéssemos viajando, ele passava uma hora da manhã de sábado escolhendo livros para mim e para meus irmãos.

Há alguns anos, dei-me conta de que meu pai conhecia muito pouco de literatura infantil americana quando éramos crianças. Então lhe perguntei como ele escolhia os livros para nós. "Ah, vou lhe mostrar", disse ele. Saiu da sala e voltou pouco depois trazendo uma velha pasta-arquivo, que entregou para mim. Dentro dela havia dezenas de publicações – brochuras, folhetos, panfletos, a maioria publicada pela ALA (Associação Americana de Bibliotecas) – que listavam livros recomendados para crianças.

A importância do meu contato com a biblioteca na infância ficou bem clara para mim, de maneira inesperada, com a publicação do meu primeiro livro, *Seesaw Girl* [A menina da gangorra]. No verão de 1999, minha editora Dinah Stevenson, da Clarion Books, me enviou meu primeiro exemplar de autor. Como vocês devem imaginar, foi o momento mais empolgante da minha vida (até a manhã do dia 21 de janeiro, é claro!). Adorei a capa de Jean e Mou-sien Tseng. Era, sem sombra de dúvida, o livro mais bonito que eu já tinha visto. Mas... mas... algo me deixou com a pulga atrás da orelha. Havia algo errado, e eu não tinha a mais vaga ideia do que poderia ser.

Capa de *Por um simples pedaço de cerâmica*

Semanas depois, aconteceu minha primeira sessão de autógrafos. Uma mulher com uma sacola de livros se aproximou e disse: "Sou bibliotecária e já tinha comprado dois exemplares do seu livro para o nosso acervo –

você se importaria de assiná-los?" É claro que não me importava. Assim, ela tirou os livros da sacola e entregou-os para mim.

Eles já estavam encapados com papel celofane transparente – vocês sabem de que material estou falando. E aquilo caiu em mim como um raio – era *isso* que estava faltando no meu exemplar de autor! Era aquela capa transparente que transformava um livro qualquer num livro "de verdade"!

Por um simples pedaço de cerâmica tem tantos elos com a leitura e com outros livros que é difícil saber por onde começar. A ideia em si nasceu quando eu estava fazendo minhas pesquisas para *Seesaw Girl*. Fiz muitas pesquisas para todos os meus livros, pois passei a infância toda numa vida típica de classe média americana. Minha família comia comida coreana e mantinha outros aspectos da cultura coreana vivos em nossa casa, mas eu sabia muito pouco sobre a Coreia propriamente dita. E um ponto crucial: não falo nada de coreano além daquelas três expressões essenciais em qualquer língua: *anyanghaseyo* (olá); *komopsunida* (obrigada); e *pyunsul odisoyo* (onde é o banheiro?). Muitas vezes, sinto agudamente a falta da língua dos meus ancestrais, mas também tento não me esquecer do outro lado dessa moeda – quando escrevo, estou escrevendo em minha língua-mãe.

Assim, foi lendo e escrevendo que aprendi sobre a Coreia. Aprendi coisas tão interessantes que me veio a ideia de transmiti-las, especialmente para os jovens. Não creio que seja preciso ser criança, estar rodeado de crianças ou agir como criança para escrever para crianças. Mas creio que os bons escritores de livros infantis partilham, todos eles, duas qualidades com seus leitores: a curiosidade e o entusiasmo. São essas qualidades que dão um tom de alegre desafio à criação e à leitura de livros infantojuvenis: o desejo ardente de aprender mais sobre o mundo e a paixão com que esse conhecimento é recebido e partilhado.

Em minhas leituras, encontrei a informação de que, nos séculos XI e XII, a Coreia produzia a cerâmica mais requintada do mundo, melhor até do que a chinesa; e decidi ambientar meu terceiro romance nesse período. Enquanto eu cogitava ideias para a história, meu filho me disse algo do tipo: "Por que você não escreve livros como os de Gary Paulsen?" Ele tinha adorado *Hatchet* e queria que eu escrevesse uma história de aventura, um livro de viagem. Foi aí que a ideia de uma viagem entrou na história.

Enquanto escrevia o livro, o trabalho paralisou completamente, sem esperança de retomada, porque eu não conhecia a parte da Coreia pela qual Orelha-de-pau tinha de caminhar. As fotografias e mapas simplesmente não eram suficientes, e eu não dispunha de meios para viajar à Coreia. Como escritora, entrei em desespero. Mas bem naquela época encontrei um livro chamado *Ko-*

rea: A Walk through the Land of Miracles [Coreia: uma caminhada pela terra dos milagres], de Simon Winchester. Muitos de vocês o conhecem como autor do campeão de vendas *The Professor and the Madman* [O professor e o louco], sobre a criação do dicionário Oxford. Muitos anos antes disso, ele já tinha escrito esse livro sobre a Coreia, que eu tinha comprado, não tinha lido e do qual tinha me esquecido. Encontrei-o dentro de uma caixa, na casa de meus pais. O autor não só havia atravessado a Coreia do Sul de um lado ao outro, em 1987, como também havia caminhado *exatamente* pela região que me interessava, ou seja, de Puyo até quase chegar a Songdo. Ele descrevia a paisagem e as sensações que teve ao caminhar por esse território específico, e assim obtive o que precisava para terminar o livro. Estou contente por ter aqui a oportunidade de agradecer publicamente ao sr. Winchester, pois *Por um simples pedaço de cerâmica* não seria o mesmo livro se eu não tivesse lido a obra dele.

O final de *Por um simples pedaço de cerâmica* me veio num repente, quando vi a fotografia de um belo vaso de celadon, coberto de garças e nuvens, num livro sobre a arte coreana. Soube naquele instante que o personagem principal do livro faria aquele vaso depois de adulto. E, para criar tão notável obra de arte, ele precisaria não só de uma habilidade artesanal tremenda, mas também de um grande amor por alguém que tivesse a ver com as garças. (A propósito, quando vi a foto pela primeira vez, achei que as aves do vaso fossem cegonhas. Nos primeiros rascunhos do livro, o Homem-garça se chama "Homem-cegonha"!)

Depois de muito tempo, já terminado o livro, percebi que a história tem uma dívida enorme para com outro livro: *I, Juan de Pareja* [Eu, Juan de Pareja], de Elizabeth Borton de Treviño, que ganhou a Medalha Newbery em 1966. Naquele livro, o escravo negro órfão se torna assistente do pintor Velásquez e acaba sendo libertado pelo dono, o que o habilita a seguir a carreira de pintor. O final especula sobre como uma certa obra de Velásquez foi pintada, assim como *Por um simples pedaço de cerâmica* especula sobre aquele vaso.

Juan de Pareja era um dos meus livros favoritos na infância, e volta e meia torno a lê-lo, sempre com grande prazer. No inverno passado, escrevi um artigo para a *Booklist* em que citava os três livros mais memoráveis da minha infância e descrevia o que me agradava tanto neles. Espantei-me ao perceber que, em dois dos três títulos, os protagonistas eram negros – Juan e o *Roosevelt Grady* de Louisa Shotwell; e o terceiro (*What Then, Raman?* [E agora, Raman?], de Shirley Arora) falava de outra criança de pele escura, um menino indiano.

Pensando bem, eu não deveria ter me surpreendido. Quando eu era criança, quase não havia livros com personagens asiáticos. Na época eu não reparava, mas é claro que, nesses três livros, eu me sensibilizara com o sofrimento daqueles "corpos estranhos". A relação entre os descendentes de coreanos e os descendentes de africanos tem um passado complicado nos Estados Unidos; manchetes esporádicas ao longo dos anos contam uma triste história de animosidade e até de violência entre as duas comunidades. Parece-me que os americanos de origem coreana julgam não ter muito em comum com os americanos negros. Minhas experiências de leitura na infância provam o contrário; e eu me sentiria muitíssimo orgulhosa se um dia minha obra contribuísse, por pouco que fosse, para que os laços entre esses dois grupos se estreitassem.

Laços. Os laços sempre foram, para mim, os elementos mais importantes de uma história. Laços com outro tempo e lugar, com minha origem étnica na ficção histórica; laços com um personagem dentro do texto; laços entre pessoas motivados por um texto. Há alguns anos, meu filho e eu não estávamos nos dando muito bem. Eu sabia que aqueles problemas eram normais entre adolescentes e pais, mas isso não facilitava em nada a situação. Gostaria de ler, agora, parte de um *e-mail* que enviei a outro escritor quando meu filho e eu finalmente superamos aquele momento difícil.

Esta é uma parte do que escrevi:

> Parece que tenho uma única lembrança boa do nosso relacionamento durante aquele ano interminável: seus livros. Falávamos incessantemente sobre os dimons, atribuindo-os um ao outro e a todas as pessoas

que conhecíamos, às personalidades da televisão, a desconhecidos e por aí afora. ... Consolamos um ao outro quando perdemos Lee Scoresby. De cem maneiras diferentes, os livros nos deram oportunidades de conversar numa época em que qualquer outra tentativa de comunicação parecia fadada a terminar em gritos e portas batendo.

... Admiro muitos aspectos da série, e também de seus outros livros. Mas uma coisa é admirar um livro, outra é dizer que ele realmente fez diferença na nossa vida. Muitíssimo obrigada pela diferença que *His Dark Materials* [Fronteiras do universo] fez na minha.

A maioria de vocês já terá percebido que o escritor é Philip Pullman, que recentemente ganhou o Prêmio Whitbread, na Inglaterra, por *The Amber Spyglass* [A luneta âmbar]. Seus livros me ajudaram a estabelecer um elo com meu filho na época em que isso era mais necessário. Assim, foi por uma coincidência muito feliz e toda especial que o Prêmio Whitbread do sr. Pullman foi anunciado no mesmo dia que o Newbery.

O sr. Pullman me respondeu com toda a delicadeza e, em outro *e-mail*, enviado a um grupo de literatura, terminou sua mensagem com a exortação: "Incluam! Incluam!" Quando li isso, minha ideia sobre a importância dos "laços" se expandiu de imediato. Além dos laços – linhas retas de contato –, a ideia de "inclusão", de ampliar um círculo, parecia igualmente adequada. Ampliar a definição de "americano" para incluir pessoas de origens étnicas diversas; ampliar o público leitor de livros que falam de lugares e épocas obscuros: são essas as forças vitais do meu trabalho.

Escrevo meus livros seguindo um modelo que chamo de "*Pizza*". Há cinquenta anos, a *pizza* era uma comida estranha e exótica, tema de insultos étnicos. Agora, não só é aceita de um lado a outro dos Estados Unidos como também os *chefs* e *gourmets* americanos se apropriaram dela: na Itália, seria dificílimo encontrar uma *pizza* de frango *cajun* apimentado coberta de molho de manga com massa de trigo integral feita por fermentação natural! Do mesmo modo, concebo *Por um único pedaço de cerâmica* como um romance "americano". Pode até ser que seu cenário e seus personagens pertençam à Coreia do século XII, mas o que preocupava a autora era a busca de integração e o desejo de inovação, dois conceitos que são partes essenciais da vida americana. Encontro aí um interessante paralelo tanto com o próprio Prêmio Newbery – que leva o nome de um inglês, mas já é cem por cento americano – quanto com a cultura americana como um todo. Um dos nossos pontos mais fortes é dispormos de uma abundância de culturas a partir das quais extrair a evolução da nossa cultura comum.

É importante que eu seja a primeira americana de origem asiática a ganhar a Medalha Newbery nos setenta e cinco anos em que ela existe? De certo modo, sim. Setenta e cinco anos é muito tempo – três ou quatro gerações. Todos nós sabemos como é importante que os jovens se vejam refletidos em imagens positivas da cultura ao seu redor. E é ainda mais importante que a maioria veja imagens de pessoas não brancas nos mais diversos contextos, para que deixe de enxergá-las como "o outro".

No entanto, agradou-me o comentário de Kathleen Odean de que o multiculturalismo do livro não foi levado em conta em sua escolha. É certo que não escrevi tendo em mente um programa explicitamente político. Também tem sido difícil para mim lidar com a ideia de me tornar uma espécie de ícone dos americanos de origem coreana e dos escritores asiáticos em geral.

Tenho a forte convicção de que a biografia do autor deve ser separada da avaliação do texto em si, a tal ponto que, em meus três primeiros livros, não quis que minha foto aparecesse na segunda orelha. Queria que o sucesso ou o fracasso dos livros dependesse deles mesmos, sem que as informações sobre minha origem étnica interviessem quer para ajudar, quer para atrapalhar. E ainda acredito que essa é a meta – o ideal que devemos buscar. No entanto, as reações dos coreanos e dos americanos de origem coreana demonstram que ainda estamos muito longe de viver nesse mundo ideal. Fiquei atônita, e me dei conta de que ainda temos muito a caminhar, ao perceber o que a premiação de *Por um único pedaço de cerâmica* representou para tantas pessoas, jovens e velhos completamente desconhecidos, que me escreveram para dizer que estavam orgulhosos pelo fato de um livro ambientado na Coreia e escrito por uma americana de origem coreana ter ganhado esse prêmio – que agora se sentem "incluídos", o que não acontecia antes.

"Incluir!" também significa ampliar as experiências de todas as crianças, oferecendo-lhes livros que elas não escolheriam e esperando que, em suas páginas, elas encontrem seus próprios laços. Foram vocês, bibliotecários, que assumiram essa tarefa, e por esse fato todos os leitores e escritores desta terra são ou deveriam ser gratos.

Nos meses que se passaram desde que o prêmio foi anunciado, meu círculo de inclusão se ampliou exponencialmente. Devo reservar um tempo, agora, para agradecer àqueles que estão no centro dele: meus pais, Ed e Susie Park, que têm tanto orgulho de mim; meu irmão Fred, minha irmã Julie e suas famílias, que de tantas maneiras me apoiaram. Meu marido, Ben Dobbin, que me deu os dois presentes mais preciosos que um escritor pode receber. Primeiro, o ímpeto para escrever meu primeiro livro – se bem me lembro, ele disse algo como "Pelo amor de Deus, por que você não para de falar sobre o assunto e simplesmente *escreve*?" E, depois, o tempo e o espaço pessoal de que todo escritor tanto necessita.

Meus filhos, Sean e Anna, também me deram esse tempo e esse espaço, o que, vindo de crianças, é um presente ainda maior. E me deram o privilégio de ser mãe deles. Gostaria de agradecer a Anna pelo encorajamento que, sem querer, ela me deu: quando *Por um único pedaço de cerâmica* ainda estava na fase de manuscrito, ela tinha nove anos. Li o livro para ela em voz alta, e toda noite ela me dizia as cinco palavras que todo escritor mais anseia ouvir: "Mais um capítulo – por favor?" Os amigos escritores em Rochester e em outros lugares, bem como a comunidade *online* de literatura infantojuvenil, me proporcionaram companhia para compensar o isolamento cotidiano. Marsha Hayles, minha parceira de redação, está sempre a postos ao telefone para conversar; e minha agente, Ginger Knowlton, me apoiava com zelo desde muito antes da grande notícia.

Acima de tudo, devo agradecer ao pessoal da Clarion Books. Joan Hill e Debora Smith do departamento de arte; Marjorie Naughton e Dep Shapiro do *marketing*; o diretor editorial Jim Armstrong – eles e todos os outros membros da equipe me fazem ter a sensação de que meus livros são os únicos com que eles têm de trabalhar.

E, por mais que eu fale ou escreva, nunca serei capaz de agradecer o suficiente à minha editora Dinah Stevenson. Foi ela quem pegou meu primeiro livro da pilha de manuscritos de autor e me guiou passo a passo rumo a esta tribuna. Quebro a cabeça para encontrar novas maneiras de agradecer-lhe, mas acho que, no fim, vou ter de me contentar com o que Orelha-de-pau percebeu: que certas coisas não podem ser plasmadas em palavras.

A Kathleen Odean e aos membros do comitê do Prêmio Newbery neste 2002, muito obrigada por terem discado o código de área 585 naquela manhã de 21 de janeiro – não só uma, mas duas vezes. Vou me lembrar de vocês todos os dias, com pasmo e gratidão, pelo resto da minha vida.

Gostaria agora de encerrar com uma imagem da mitologia coreana. Os coreanos dizem que um éon é o período de tempo necessário para que um espírito celestial desgaste uma montanha até ela se transformar num pedregulho – esfregando-a com uma pena. Adoro essa imagem. Todos nós estamos neste mundo apenas pelo tempo que essa pena leva para esfregar na montanha uma única vez – mas, juntos, podemos desgastar e reduzir a nada os problemas mais duros e intratáveis. E, para que o nosso tempo aqui seja ainda mais produtivo, podemos tocar as vidas dos outros – especialmente as dos jovens que nos seguem. Então...

Formem laços! Incluam!

Uma pequena aldeia na costa oeste da Coreia, na segunda metade do século XII

Capítulo 1

– Ei, Orelha-de-pau! Sentiu muita fome hoje? – gritou o Homem-garça, quando Orelha-de-pau se aproximou da ponte.

Os habitantes bem nutridos da aldeia costumavam trocar cumprimentos gentis com a frase: "Comeu bem hoje?" Orelha-de-pau e seu amigo haviam adotado para eles o mesmo cumprimento às avessas. A paródia que inventaram lhes parecia bem divertida.

Orelha-de-pau espremeu a bolsa volumosa que trazia à cintura. Havia decidido não contar logo as boas notícias, mas não conseguiu conter a agitação e o entusiasmo. – Homem-garça, foi bom você me cumprimentar assim agora, porque mais tarde vamos ter que usar as palavras certas!

O menino segurou a bolsa no alto e ficou encantado quando os olhos do companheiro se arregalaram de surpresa. Sabia que o Homem-garça adivinharia logo; apenas uma coisa poderia formar aquele tipo de volume macio em uma bolsa. Talos de cenouras ou ossos de frango estavam fora de cogitação: eram pontudos e formariam protuberâncias. Não, a bolsa estava cheia de arroz.

O Homem-garça ergueu a muleta numa saudação:

— Vamos lá, meu jovem amigo! Diga-me como encontrou tal fortuna. Uma história que vale a pena ouvir, sem dúvida!

Orelha-de-pau estava andando pela estrada, de manhã cedo, remexendo nas pilhas de lixo da aldeia. À sua frente, um homem carregava um fardo pesado em um *jiggeh*, uma espécie de mochila aberta feita de galhos. No *jiggeh* havia um cesto de palha, do tipo comumente usado para carregar arroz.

Orelha-de-pau sabia que o arroz devia ser da colheita do ano anterior. Nos campos que cercavam a aldeia, o arroz desta estação estava apenas começando a crescer. Ainda muitos meses se passariam antes que fosse colhido e os pobres tivessem permissão para catar os grãos caídos nos campos vazios. Só então provariam o sabor puro do arroz e sentiriam a satisfação de ter algo sólido no estômago. Só de olhar para a caixa de palha, a boca de Orelha-de-pau se encheu de água.

O homem havia parado na estrada e puxado o *jiggeh* mais para cima em suas costas, numa tentativa de ajeitar o peso incômodo. Enquanto Orelha-de-pau mantinha os olhos fixos no fardo, uma pequena quantidade de arroz começou a sair por um orifício na caixa de palha. O vazamento tornava-se cada vez maior. Sem perceber nada, o homem continuava seu caminho.

Por alguns breves momentos, os pensamentos de Orelha-de-pau entraram em conflito. *Fale com ele – agora! Antes que ele perca muito arroz!*

Não! Não diga nada – você vai poder pegar o arroz caído quando ele virar a curva...

Orelha-de-pau tomou uma decisão. Esperou até que o homem tivesse chegado à curva e correu ao seu encontro.

– Nobre senhor – Orelha-de-pau disse, ofegante, enquanto fazia uma reverência. – Eu vinha logo atrás do senhor e notei que estava marcando seu caminho com arroz!

O lavrador virou-se e viu a trilha de arroz. O homem robusto, com um rosto largo e bronzeado, empurrou seu chapéu de palha para trás, coçou a cabeça e deu uma risada amarga.

– Tudo por causa da impaciência. Eu devia ter reforçado este cesto com mais uma camada de palha. Mas ia levar mais tempo. Agora vou pagar o preço por ter sido apressado. – O lavrador livrou-se das alças do *jiggeh* e examinou o cesto. Empurrou a palha pra cobrir o buraco, sem sucesso, e então levantou as mãos para o céu, fingindo desespero. Orelha-de-pau deu um sorriso largo. Ele gostava do jeito despreocupado do lavrador.

– Traga algumas folhas para mim, garoto. – Orelha-de-pau obedeceu e o homem enfiou-as no cesto, improvisando um remendo temporário.

O lavrador agachou-se para colocar o *jiggeh* nas costas. Quando começou a andar, falou por sobre o ombro.

– O bem se paga com o bem, moleque. O arroz no chão é seu se você quiser se dar ao trabalho de catá-lo.

– Muito obrigado, bondoso senhor! – Orelha-de-pau fez outra reverência, muito satisfeito consigo mesmo. A sorte o havia favorecido. Logo sua bolsa estaria cheia de arroz.

Orelha-de-pau seguia o exemplo do Homem-garça. Procurar comida no bosque e em pilhas de lixo e catar grãos de arroz no outono eram maneiras honradas de se alimentar. Requeriam tempo e esforço, mas, segundo o Homem-garça, roubar e esmolar faziam um homem valer tanto quanto um cachorro.

– O trabalho dá dignidade ao homem, o roubo a tira – costumava repetir.

Seguir o conselho do Homem-garça nem sempre era fácil para Orelha-de-pau. Hoje, por exemplo. Será que foi roubo esperar que mais arroz caísse antes de alertar o homem que o cesto estava vazando? As boas ações compensavam as más? Orelha-de-pau refletia sobre este tipo de pergunta com frequência, sozinho ou com o Homem-garça.

– Estas dúvidas servem para duas coisas – o Homem-garça tinha explicado. – Manter a mente afiada e desviar a cabeça do estômago vazio.

Agora, como sempre, parecia ler os pensamentos de Orelha-de-pau. – Me conte sobre esse lavrador. Que tipo de homem ele é?

Orelha-de-pau concentrou-se na pergunta por alguns instantes, puxando pela memória. Por fim, respondeu: – Um homem que não tem paciência. Ele mesmo falou. Não quis esperar que um cesto mais forte fosse construído. E não se deu ao trabalho de catar o arroz caído. – Orelha-de-pau fez uma pausa. – Mas tem um riso fácil. Ri até de si mesmo.

– Se estivesse aqui agora e ouvisse você dizer que esperou um pouco antes de avisá-lo sobre o arroz, o que você acha que ele faria?

– Daria uma risada – Orelha-de-pau retrucou. A rapidez da própria resposta o surpreendeu. Depois, acrescentou mais devagar: – Acho... que não teria se importado.

O Homem-garça assentiu com a cabeça, satisfeito. E Orelha-de-pau lembrou de algo que o amigo dizia com frequência: – *Os eruditos leem as grandes obras do mundo. Mas você e eu temos que aprender a ler o próprio mundo.*

O nome Orelha-de-pau teve como inspiração os cogumelos, em forma de semicírculos enrugados, que crescem em troncos de árvore mortos ou caídos, surgindo espontaneamente da madeira apodrecida, sem necessitar que uma semente lhes dê origem. Um bom nome para um órfão, concluiu o Homem-garça. Se algum dia Orelha-de-pau teve outro nome, ele não lembrava mais, nem se recordava da família que poderia ter-lhe dado tal nome.

Orelha-de-pau dividia o espaço debaixo da ponte com o Homem-garça – ou melhor, o Homem-garça dividia seu espaço com Orelha-de-pau. Afinal, o Homem--garça havia chegado lá antes, e não iria embora tão cedo. A panturrilha e o pé atrofiados e retorcidos, de nascença, o forçariam a ficar ali.

Orelha-de-pau conhecia bem a história da origem do nome do amigo: – Quando nasci, viram minha perna e pensaram que eu não ia sobreviver – o Homem-garça sempre contava. – Então, como conseguia viver com uma perna só, diziam que eu parecia uma garça. Mas, além de se apoiar em uma perna, as garças também são um símbolo de vida longa. – E o Homem-garça contava então que havia sobrevivido à família e, incapacitado para o trabalho, havia sido forçado a vender todos os pertences, um a um, inclusive, por fim, o teto sobre sua cabeça. Assim, não teve alternativa senão morar embaixo da ponte.

Uma vez, cerca de um ano antes, Orelha-de-pau perguntara havia quanto tempo o Homem-garça morava naquele lugar. O companheiro balançou a cabeça; já não se lembrava. Mas depois seu rosto se iluminou e ele foi mancando até o outro lado da ponte, fazendo um gesto para que Orelha-de-pau o acompanhasse.

– Não me lembro há quanto tempo estou aqui – explicou –, mas sei há quanto tempo você está. – E apontou para cima, para o lado inferior da ponte. – Não sei por que não mostrei isto para você antes.

Em uma das ripas, havia uma série de riscos profundos, como se tivessem sido feitos com uma pedra pontiaguda. Orelha-de-pau os examinou e depois indagou:
– Sim, e daí?
– Uma marca para cada primavera desde que você veio para cá – o Homem-garça explicou. – Marquei os anos, porque achei que um dia você iria querer saber quantos anos tem.

Orelha-de-pau olhou de novo, desta vez com grande interesse. Havia uma marca para cada dedo de ambas as mãos – dez marcas ao todo.

O Homem-garça respondeu antes que Orelha-de-pau perguntasse. – Não, você tem mais que dez anos. Quando veio para cá e comecei a fazer as marcas, você devia ter uns dois anos; já andava e falava.

Orelha-de-pau assentiu com a cabeça. Já sabia o resto da história. O homem que havia levado o menino para a ponte não havia dito quase nada ao Homem-garça. Havia sido pago por um monge bondoso, na cidade de Songdo, para trazer o garoto para Ch'ulp'o, uma pequena aldeia à beira-mar. Os pais de Orelha-de-pau haviam morrido de febre e o monge sabia que o menino tinha um tio que morava na aldeia.

Quando chegou com o órfão, o enviado do monge descobriu que o tio já não morava lá e a casa tinha sido abandonada havia muito tempo. Levou Orelha-de-pau para o templo na encosta da montanha, mas os monges não puderam recebê-lo, já que a febre também assolava o lugar. Os aldeões, então, sugeriram que o homem levasse o menino para a ponte, onde o Homem-garça poderia cuidar dele até que o templo ficasse livre da doença.

O Homem-garça sempre repetia: – Quando um monge veio buscá-lo alguns meses mais tarde, você se agarrou à minha perna boa como um macaco a um galho de árvore, sem chorar mas também sem largar da perna! O monge foi embora. Você ficou.

Quando Orelha-de-pau era menor, queria ouvir esta história com frequência, como se as repetições pudessem revelar mais alguma informação – como, por exemplo, o ofício do pai, a aparência da mãe e o paradeiro do tio –, mas não havia conseguido mais nenhum detalhe. Já não tinha importância. Se ter um lar significava mais do que viver com o Homem-garça debaixo da ponte, ele não sabia nem precisava saber.

O desjejum foi uma festa naquela manhã: um pouco de arroz cozido, até virar mingau, numa panela de barro achada no lixo, e servido numa cabaça esculpida em forma de tigela. O Homem-garça tinha uma outra surpresa para enriquecer a refeição: dois ossos de galinha. Não havia carne nos ossos secos, mas os dois amigos trataram de quebrá-los e chupar todo o tutano.

Mais tarde, Orelha-de-pau lavou-se no rio e trouxe uma cuia com água para o Homem-garça, que jamais entrava no rio se pudesse evitá-lo; detestava molhar os pés. Depois, o menino começou a arrumar a área debaixo da ponte. Ele se preocupava em deixar o lugar bem arrumado, pois não gostava de ter de limpar um espaço para dormir cansado no final do dia.

Tendo terminado os afazeres domésticos, Orelha-de--pau deixou o companheiro e voltou para a estrada. Desta vez, não andou em zigue-zague entre pilhas de lixo, mas caminhou com decisão em direção a uma casinha isolada das outras em uma curva da estrada.

Orelha-de-pau afrouxou o passo à medida que se aproximava de seu destino. Estava diante de uma casa de barro e madeira. Inclinou a cabeça, escutando, e sorriu quando as sílabas monótonas de um cantochão chegaram aos seus ouvidos. O mestre-ceramista estava cantando, o que significava que era dia de "tornear".

Os fundos da casa de Min davam para uma colina coberta de arbustos. Mais adiante, era possível ver bosques de pinheiros nas encostas das montanhas. Orelha--de-pau deu a volta para chegar aos fundos da casa, onde, debaixo do largo beiral, ficava o torno de Min. Lá estava o ceramista, com a cabeça grisalha curvada sobre o torno, enquanto cantarolava a melodia sem palavras.

O menino dirigiu-se cuidadosamente para seu lugar preferido, atrás de uma árvore paulóvnia, cujos galhos o mantinham escondido. Espiou por entre as folhas e prendeu a respiração, encantado. Min estava começando um novo pote.

Min jogou uma massa de argila do tamanho de um repolho no centro do torno. Pegou a massa e arremessou-a outra vez, várias vezes. Depois, sentou-se e fitou a argila por um momento. Usando o pé para girar a base do torno, colocou as mãos úmidas na massa informe e, pela centésima vez, Orelha-de-pau observou o milagre.

Em poucos momentos, a argila subiu e desceu, ficou alongada e achatada, até curvar-se em perfeita simetria. O torno passou a rodar com mais lentidão. A canção também parou aos poucos e tornou-se um resmungo que Orelha-de-pau não conseguia entender.

Min endireitou as costas. Cruzou os braços e inclinou-se um pouco para trás como que para olhar o vaso mais de longe. Girando o torno devagar com o joelho, examinou a forma graciosa no intuito de encontrar defeitos invisíveis. Então, vociferou: – Droga! – Balançou a cabeça uma vez e, num gesto de desgosto, elevou a argila e arremessou-a com força ao torno outra vez, onde voltou a se tornar uma massa informe e sem graça, como que envergonhada.

Orelha-de-pau abriu a boca para soltar o ar silenciosamente e só então percebeu que tinha prendido a respiração. A seu ver, o vaso estava perfeito. A largura era a metade da altura e as curvas lembravam uma pétala de flor. Por que, perguntou-se, Min o achara tão sem valor? O que havia visto que tanto o desagradara?

Min sempre rejeitava sua primeira tentativa e repetia todo o processo. Naquele dia, Orelha-de-pau viu a argila subir e descer quatro vezes antes que Min se desse por satisfeito. Ao menino, todos os quatro vasos pareciam perfeitamente idênticos. No entanto, alguma coisa referente ao último vaso agradou a Min, que pegou um pedaço de barbante e passou-o com destreza sob o vaso, a fim de soltá-lo do torno. Em seguida, colocou a peça com cuidado sobre uma bandeja para a secagem.

Orelha-de-pau contou os dias nos dedos, enquanto afastava-se em silêncio. Conhecia bem a rotina do ceramista; vários dias se passariam até o torno voltar a funcionar.

A aldeia Ch'ulp'o ficava entre o mar e as montanhas, com um rio contornando-a como uma costura bem-feita. Seus artesãos produziam a delicada cerâmica celadon*, que havia ficado famosa não só na Coreia, mas em lugares longínquos, como a corte do imperador da China.

Ch'ulp'o havia se tornado um ponto de referência para cerâmicas, tanto pela localização quanto pelo solo. Situado na costa do Mar Ocidental, o vilarejo tinha acesso tanto à rota marítima mais fácil para o norte quanto ao comércio abundante com a China. E a argila proveniente das jazidas da aldeia continha a quantidade exata de ferro para produzir a extraordinária cor cinza-esverdeada da cerâmica celadon, tão valorizada pelos colecionadores.

Orelha-de-pau conhecia todos os ceramistas da aldeia, mas até recentemente só os conhecia por suas pilhas de

---

* Celadon é um esmalte bastante conceituado na história da cerâmica. Seu principal elemento corante é o óxido de ferro, responsável pelo matiz verde em vários tons, cinza e azul. (N. da T.)

lixo. Não compreendia por que nunca antes havia tomado a iniciativa de observá-los trabalhando. Nos últimos anos, as cerâmicas vindas dos fornos da aldeia haviam se tornado muito populares entre os ricos capazes de comprar peças para dar de presente à corte real e a templos budistas. Assim, os ceramistas haviam atingido novos níveis de prosperidade. Em consequência, as sobras encontradas nas pilhas de lixo haviam se tornado mais ricas e, pela primeira vez, Orelha-de-pau conseguia esquecer seu estômago por algumas horas a cada dia.

Durante essas horas, foi Min que o menino escolheu para observar mais de perto. Os outros ceramistas mantinham seus tornos em pequenos barracos sem janelas. Mas, nos meses quentes, Min preferia trabalhar debaixo do beiral nos fundos de sua casa, para sentir a brisa e ter a vista das montanhas.

Trabalhar sem paredes significava que Min possuía não somente grande habilidade mas também confiança. Os ceramistas eram ciosos de seus segredos. Uma forma nova para um bule, um entalhe novo – segredos que os artesãos se recusavam a revelar até que uma peça estivesse pronta para ser mostrada a um comprador.

Min não parecia dar importância a tal sigilo. Era como se estivesse dizendo: – *Vamos lá, me observe. Não importa. Você não vai conseguir imitar minha destreza.*

Era verdade, e era também esta a razão principal pela qual Orelha-de-pau adorava observar Min. Suas peças eram as melhores da região, talvez de todo o país.

Capítulo 2

Orelha-de-pau espreitou por entre as folhas da paulóvnia, perplexo. Vários dias haviam se passado desde sua última visita à casa de Min e ele havia calculado que já era hora de tornear. Mas não havia nem sinal de Min, nem de argila úmida no torno. A área da oficina estava arrumada e o único sinal de vida vinha de algumas galinhas no quintal.

Incentivado pelo silêncio, Orelha-de-pau saiu do esconderijo e aproximou-se da casa. Em uma das paredes havia um conjunto de prateleiras com algumas das últimas criações de Min. Estavam no estágio que os ceramistas chamavam de "ponto de couro". Haviam secado naturalmente, mas ainda não estavam esmaltadas nem queimadas. Sem esmalte, as peças não atraíam a atenção de ladrões. As cerâmicas prontas estavam, com certeza, trancadas em algum aposento.

Orelha-de-pau fez uma pausa perto dos arbustos mais próximos da casa e prestou atenção, mais uma vez, para ver se ouvia algum barulho. Uma galinha cacarejou com orgulho e o menino sorriu: Min comeria um ovo no almoço. Mas ainda não havia sinal do ceramista. Orelha-de-pau, então, subiu na ponta dos pés os últimos degraus e parou em frente às prateleiras.

Pela primeira vez, conseguia observar de perto as peças de cerâmica feitas por Min. Havia um pato com um orifício minúsculo no bico, que caberia na palma de sua mão. Orelha-de-pau lembrou-se de ter visto uma peça em forma de pato sendo usada por um pintor que trabalhava às margens do rio, pintando uma cena aquática. O artista havia derramado água do bico do pato sobre uma pedra, gota a gota, e misturado tinta até que esta ficasse com a consistência ideal para sua obra.

Orelha-de-pau fitou o pato feito por Min. Embora ainda fosse de cor acinzentada fosca, os detalhes eram tão precisos que o menino quase esperava ouvir o som de um grasnido. Min havia esculpido a argila de modo a formar a curva das asas e a inclinação da cabeça. Até mesmo a cauda estava levantada com um atrevimento que fez Orelha-de-pau sorrir.

O menino desprendeu os olhos do pato para examinar a peça seguinte, um jarro alto, cuja superfície canelada imitava os gomos de um melão. As linhas eram perfeitamente simétricas, curvando-se tão graciosamente de cima a baixo que Orelha-de-pau ansiava por correr o dedo pelos sulcos suaves. O caule do melão e as folhas haviam sido habilmente trabalhados para formar a tampa do jarro.

A última peça na prateleira era a menos interessante – uma caixa retangular, com tampa, cuja dimensão equivalia ao tamanho de suas duas mãos juntas. Não havia nenhum enfeite. Decepcionado com a simplicidade do trabalho, Orelha-de-pau estava a ponto de se afastar, quando um pensamento lhe veio à mente. Por fora, a caixa era simples, mas talvez pelo lado de dentro...

Prendendo a respiração, o menino estendeu a mão, levantou a tampa com delicadeza e examinou o interior da caixa. Sorriu com alegria redobrada. O motivo do sorriso era o palpite certeiro e a habilidade de Min. A caixa simples continha cinco caixas menores – uma redonda no centro e quatro de forma arredondada que se encaixavam com perfeição em torno da caixa central. As caixas pequenas pareciam preencher totalmente o recipiente maior, mas Min havia deixado espaços livres do tamanho exato para que qualquer uma delas pudesse ser retirada com facilidade.

Orelha-de-pau colocou a tampa da caixa grande na prateleira e pegou uma das caixas arredondadas. Na parte de baixo da tampa da caixa pequena, havia uma pequena borda para mantê-la no lugar. O olhar faiscante do menino moveu-se das peças pequenas em suas mãos para a caixa grande e da caixa grande para as peças pequenas. Tinha a testa franzida de tanta concentração.

Como Min conseguia encaixá-las com tanta perfeição? Talvez ele tivesse feito a caixa grande, uma outra caixa que se encaixava na primeira e depois tivesse esculpido as caixas pequenas a partir da segunda caixa. Ou será que ele havia feito a caixa interna primeiro e encaixado a caixa maior depois? Talvez ele tivesse começado pela caixa central, depois feito as arredondadas, depois...

Alguém gritou. As galinhas cacarejaram com espalhafato, e Orelha-de-pau deixou cair o que estava segurando. Ficou parado, paralisado por um instante, depois colocou as mãos sobre o rosto para proteger-se dos golpes que choveram sobre sua cabeça e ombros.

Era o velho ceramista. – Ladrão! – berrou. – Como ousa vir aqui! Como ousa tocar nas minhas cerâmicas!

Orelha-de-pau fez a única coisa que lhe veio à mente. Caiu de joelhos e encolheu-se, fazendo uma profunda reverência.

– Por favor! Por favor, nobre senhor, eu não estava roubando suas cerâmicas. Vim aqui só para admirá-las.

A bengala de Min parou no ar. O ceramista curvou-se sobre o menino, com a bengala preparada para outro golpe.

– Você esteve aqui antes, mendigo de meia-tigela?

Orelha-de-pau sentiu a cabeça girar enquanto tentava decidir que resposta dar. Contar a verdade lhe pareceu a coisa mais fácil.

– Sim, nobre senhor, venho muito aqui para vê-lo trabalhar.

– Ah! Orelha-de-pau ainda tinha o corpo curvado em reverência, mas pôde ver, pelo canto do olho, a ponta da bengala sendo colocada no chão. Permitiu-se um único suspiro de alívio.

– Então é você quem quebra os galhos e machuca as folhas da paulóvnia?

O menino assentiu com a cabeça, sentindo o rosto ficar vermelho. Pensava não ter deixado nenhuma pista.

– Não veio aqui para roubar, você diz. Como vou saber se você não ficou vigiando para ver se eu faço alguma peça de valor?

O menino, por fim, levantou a cabeça e olhou para Min. Manteve a voz respeitosa, mas falou com orgulho:

– Eu nunca roubaria. Roubar e esmolar fazem um homem valer tanto quanto um cachorro.

O ceramista fitou o menino por um longo tempo. Finalmente, pareceu ter se decidido sobre algo e, quando falou novamente, sua voz havia perdido um pouco da raiva.

– Então, não estava roubando. Dá no mesmo para mim. Com uma parte estragada, o resto não presta mais. – Min fez um gesto para mostrar a caixa de cerâmica no chão, muito amassada por causa da queda. – Vá embora, então. Não adianta pedir para você pagar pelo que destruiu.

Orelha-de-pau levantou-se devagar. Um sentimento de vergonha queimava-lhe o peito. Era verdade. Jamais teria dinheiro para pagar a Min pela caixa danificada.

Min pegou a caixa e a jogou na pilha de lixo do lado do quintal. Continuava a resmungar, aborrecido. – Ai! Três dias de trabalho, e para quê? Para nada. Estou atrasado agora. A encomenda não vai ficar pronta a tempo...

Orelha-de-pau tinha dado alguns passos lentos para sair do quintal. Mas, ao ouvir os resmungos do velho, levantou a cabeça e voltou na sua direção.

– Nobre ceramista? Senhor? Eu poderia trabalhar para o senhor como pagamento. Assim, talvez o senhor recuperasse um pouco do tempo perdido...

Min balançou a cabeça com impaciência. – O que uma criança sem treinamento poderia fazer? Não tenho tempo para ensiná-lo, você ia atrapalhar em vez de ajudar.

O menino deu um passo à frente, ansioso. – O senhor não precisaria me ensinar tantas coisas quanto pensa. Tenho observado seu trabalho durante muitos meses. Sei como mistura a argila e gira o torno. Observei o senhor fazendo muitas coisas...

O ceramista balançou a mão para interromper o menino e falou com desprezo: – Girar o torno! Ah! Ele acha que pode fazer um pote, assim fácil!

Orelha-de-pau cruzou os braços, teimoso, e não desviou o olhar. Min pegou as outras caixas e jogou-as também na pilha de lixo. Resmungou em voz baixa algo que Orelha-de-pau não conseguiu entender.

Min endireitou o corpo e olhou em volta, primeiro para a prateleira, depois para o torno e, finalmente, para Orelha-de-pau.

– Está certo – falou, com a voz ainda áspera e contrariada. – Venha amanhã ao nascer do dia. Levei três dias para fazer aquela caixa, portanto você me deve nove dias de trabalho. Não dá nem para calcular quanto o meu trabalho vale mais que o seu, mas vamos combinar assim para começar.

Orelha-de-pau curvou-se, concordando. Caminhou até o lado da casa e saiu correndo pela estrada. Mal podia esperar para contar ao Homem-garça. Pela primeira vez na vida, teria um emprego de verdade.

Ao chegar no dia seguinte para trabalhar, Orelha-de-pau soube que era a vez de Min de rachar lenha para alimentar o forno. Por isso ele não estava em casa no dia anterior.

Como a maioria das aldeias de ceramistas, Ch'ulp'o possuía um forno comunitário. Situado em uma encosta perto do centro da aldeia, parecia um túnel longo e baixo feito de argila endurecida. Os ceramistas se revezavam para usar o forno e reabastecer o suprimento de combustível.

Min deu a Orelha-de-pau um machado pequeno e o levou pelo lado da casa até chegar a um carrinho de mão.

– Encha o carrinho com madeira – Min ordenou, asperamente. – Madeira seca, não molhada. Não volte até o carrinho estar cheio.

Orelha-de-pau sentiu como se o sol tivesse perdido o brilho de repente. Na noite anterior, não havia conciliado o sono com facilidade. Tinha se imaginado no torno, com um pote bonito surgindo da argila diante de seus olhos. Talvez, pensou, se rachasse bastante madeira com rapidez, ainda haveria tempo no final do dia...

Min reduziu a pó tal esperança com as palavras que acrescentou em seguida:

— Entre na floresta e vá bem longe na montanha. Muitas árvores já foram cortadas perto da aldeia. Você vai ter que andar muito até achar árvores boas para transformar em lenha.

Orelha-de-pau engoliu um suspiro ao colocar o machado no carrinho. Ato contínuo, segurou com firmeza as duas alças do veículo e o fez mover-se em direção à estrada. Voltou-se para se despedir, mas o ceramista já não estava lá. O som da música de tornear brotava dos fundos da casa e espalhava-se pelo ar.

Rachar lenha durante horas sem comer nada foi muito difícil. Mas a pior parte foi o longo caminho de volta montanha abaixo com o carrinho cheio de madeira.

A trilha era cheia de sulcos e buracos. O carrinho de mão tosco tinha um equilíbrio precário e era difícil de manobrar por causa do seu carregamento pesado. A cada passo, o menino tinha que manter os olhos colados na trilha e no carrinho. Apesar dos seus esforços, toda a vez que a roda batia em um sulco mais fundo, o carrinho inclinava-se precariamente e algumas toras caíam. Assim, ele era forçado a parar para apanhá-las. Era mais do que irritante, já que havia tomado cuidado para arrumar bem a lenha e cada solavanco desajeitava cada vez mais a pilha bem-feita.

    Depois de haver perdido a conta do número de vezes que isto havia acontecido, Orelha-de-pau aproximou-se do fim da trilha, que logo se transformaria em estrada no sopé da montanha. Por ser mais frequentada, a estrada era mais larga e de superfície mais regular. Orelha-de--pau levantou a cabeça por um momento, ansioso pelo fim da viagem.

    Naquele exato instante, a roda direita passou por uma pedra. As alças escaparam-lhe das mãos e o carro tombou de lado. O solavanco desequilibrou Orelha-de--pau. Ele tropeçou no carrinho e caiu no chão de cabeça.

    Sentou no chão, atordoado. Por um instante, não sabia se xingava ou chorava. Apertou os lábios e ficou de pé, com esforço. Depois endireitou o carrinho e começou a jogar a lenha de volta freneticamente.

    Quando levantou uma tora grande e áspera, sentiu uma dor lancinante na mão direita. Deu um grito e cerrou o punho por um momento até que a mão parasse de latejar um pouco. Depois abriu-a com cautela e examinou o ferimento.

    A enorme bolha que havia se formado na sua mão durante as longas horas de uso do machado tinha estourado. Da ferida, escorria sangue, misturado com sujeira e pedacinhos da casca da tora. Orelha-de-pau fixou os olhos no ferimento e não conseguiu conter as lágrimas ardentes que encheram seus olhos.

Furioso, piscou na tentativa de secar as lágrimas e rasgou um pedaço da barra da sua túnica. Como não havia água por perto, cuspiu na mão e limpou-a da melhor forma possível, cerrando os dentes de tanta dor. Usou a outra mão e os dentes para enrolar e amarrar o pedaço de pano em uma atadura improvisada.

Daí para frente, trabalhou devagar e com método, empilhando a madeira em fileiras bem organizadas no carrinho. O sol estava quase se pondo quando ele finalmente terminou e empurrou o carrinho com cautela pela trilha até alcançar a estrada no sopé da montanha.

Orelha-de-pau se arrastou para casa naquela noite. A expressão no rosto do Homem-garça, geralmente plácida, tornou-se preocupada quando o menino entrou tropeçando no espaço debaixo dos suportes da ponte e desabou no chão.

O Homem-garça não disse nada. Apenas estendeu uma tigela com um pouco de arroz e algumas verduras cozidas. Exausto demais para comer, Orelha-de-pau limitou-se a esboçar um gesto para recusar a comida. Mas o Homem-garça mancou até o menino e usou a muleta como suporte para sentar no chão ao lado dele. Pegou uma pequena quantidade de arroz entre os dedos e, com insistência, mas ainda sem falar nada, alimentou Orelha--de-pau como se ele fosse um bebê.

Orelha-de-pau não lembrava de ter terminado a refeição. Acordou na manhã seguinte e viu o Homem-garça balançar-se nos suportes da ponte e soltar-se no chão debaixo dela, como sempre fazia. Pequeno, frágil e sabe-se lá com que idade, o Homem-garça ainda usava seu tronco e braços com a facilidade de um jovem. Muitas vezes Orelha-de-pau esquecia da perna inútil. Aonde o Homem-garça havia ido, tão cedo?

O menino sentou, com o corpo dolorido, e começou a esfregar os olhos. Quando levou a mão direita ao rosto, viu a atadura tosca, dura de sangue pisado.

– Sim, foi por causa disso que saí – explicou o Homem-garça. – Vamos ver o que podemos fazer.

O menino estendeu a mão. O Homem-garça desamarrou a atadura e começou a desenrolá-la.

Orelha-de-pau sibilou de dor e retirou a mão de repente. O homem estava tentando soltar a camada final da atadura, que, grudada à ferida, recusava-se a sair.

– Vamos, meu macaquinho – brincou o Homem-garça, com bondade, mas também firmeza. – Tenho que tirar a atadura para limpar a ferida. Os demônios da doença estão, sem dúvida, tentando entrar no seu corpo por esta porta.

Orelha-de-pau levantou-se e foi arrastando os pés até a beira d'água. Agachou-se e mergulhou a mão na água fria, o que melhorou o latejamento e afrouxou o pedaço de pano grudado à ferida. Com uma careta de dor, o menino removeu a atadura.

Enquanto o menino limpava o ferimento, o Homem-garça pegou o pedaço de pano e lavou-o muito bem com a água da cabaça, esfregando-o em uma pedra achatada na margem do rio. Depois torceu o trapo e deu-o ao menino, que o estendeu em um suporte da ponte para secá-lo ao sol.

O Homem-garça pegou, de sua bolsa de cintura, um punhado de ervas verdes que havia colhido no bosque, mais cedo. Esmagou-as entre duas pedras até virarem uma pasta, depois pegou um pouco da pasta entre dois dedos e a aplicou à mão de Orelha-de-pau.

– Feche a mão – ordenou o Homem-garça. – Aperte, para os sucos curativos entrarem na ferida.

Os dois amigos comeram o resto do arroz-tesouro no desjejum, o menino apertando a pasta na mão direita enquanto comia com a outra. Após o desjejum, o Homem-garça amarrou outra vez o pedaço de pano, que já estava seco, como uma atadura.

– Pronto! – exclamou. – Depois de uns dias de descanso, sua mão vai ficar nova em folha. – Olhou para Orelha-de-pau com severidade.

O menino não disse nada. Sabia que o Homem-garça tinha adivinhado que não descansaria naquele dia. Ainda tinha que trabalhar para Min durante oito dias.

Capítulo 3

Orelha-de-pau correu pela estrada na direção da casa de Min. Mas diminuiu um pouco o passo quando ouviu o ceramista o repreender antes mesmo de ele ter chegado.

Que tipo de garoto inútil ele era, chegando tão tarde no dia anterior e deixando o carrinho sem uma palavra? Aquela madeira deveria ter sido levada para o forno e descarregada. Min tinha feito a tarefa ao pôr do sol e tinha quase se machucado ao tropeçar na escuridão. Ajuda assim era pior que nenhuma ajuda! Orelha-de-pau realmente queria ser útil? Se não queria, seria melhor esquecer o trato...

Finalmente, Min parou para tomar fôlego. Orelha-de-pau não ousou levantar os olhos. Sentia-se como um monstro de duas cabeças: uma envergonhada e a outra ressentida. Estava envergonhado por não ter acabado o trabalho direito e ressentido porque Min não lhe havia dado instruções completas. – Encha o carrinho – esta tinha sido a ordem, e ele a havia cumprido. Será que ele tinha que ler os pensamentos de Min também?

Mas a vergonha falou mais alto que o ressentimento. O menino receava ser mandado embora antes de aprender a fazer um pote.

– Sinto muito ter decepcionado o nobre ceramista – Orelha-de-pau desculpou-se. – Se me der uma segunda chance, prometo não desapontá-lo.

Min fez um muxoxo. Virou as costas e andou para o lado da casa. Orelha-de-pau ficou parado, sem certeza do que fazer.

– Então? – Min virou-se, com impaciência. – Você vem, mendigo de meia-tigela, ou virou estátua com os pés presos ao chão?

A alegria de Orelha-de-pau em ser perdoado foi como uma nuvenzinha de fumaça que logo se dissipou quando ouviu as ordens de Min. Sua tarefa era a mesma do dia anterior: encher o carrinho de lenha e, desta vez, descarregá-lo no local do forno.

A cada dia, Orelha-de-pau aparecia na porta de Min cheio de esperança. A cada dia, Min o mandava para a montanha pegar mais lenha. De noite, com os cuidados do Homem-garça, o ferimento na mão do menino começava a sarar. A pele rosada e sensível parecia um pouco mais resistente. Mas, no começo do próximo dia de trabalho, a ferida abria outra vez e sangrava. Orelha-de-pau se acostumou com a dor; era como um companheiro indesejado que aparecia todos os dias depois de alguns golpes com o machado.

No terceiro dia, o Homem-garça se oferecera para ir com ele. A mente do menino tentava freneticamente achar uma forma de recusar a oferta com educação. Sabia o que aconteceria: o Homem-garça iria tentar poupar as mãos cheias de bolhas de Orelha-de-pau e pegaria o machado ele mesmo. Orelha-de-pau estremeceu só de imaginar o Homem-garça tentando rachar lenha apoiado na muleta. Ele poderia até machucar a perna boa.

– Sua oferta para ajudar é muita bondade sua – Orelha-de-pau respondeu –, mas, se para você tanto faz, prefiro voltar e encontrar uma refeição já preparada. Não consigo imaginar ajuda maior que esta.

O Homem-garça ficou satisfeito. Parecia a Orelha-de-pau que o amigo passava o dia inteiro pensando em como transformar um punhado de ervas e ossos em algo que parecesse uma refeição.

À medida que o tempo passava, Orelha-de-pau desenvolveu uma rotina de trabalho e descanso. Um período intenso rachando lenha e carregando o carrinho e depois uma pausa. Este sistema era melhor do que cortar lenha freneticamente por várias horas, o que redundava numa pilha de madeira enorme e desorganizada que levava muito tempo para ser colocada no carrinho e o deixava exausto.

Nos breves momentos de descanso, ele conseguia às vezes achar um pouco de comida – alguns cogumelos selvagens aqui, um punhado de brotos de samambaia ali. O Homem-garça havia lhe dado bons ensinamentos nas muitas caminhadas que fizeram juntos pelas montanhas. O menino sabia quais cogumelos eram gostosos e quais eram venenosos. Conhecia os pássaros pelo canto e sabia a diferença entre o rastro de um leão e o de uma corça. E nunca se perdia, pois conhecia onde os riachos se localizavam, apontando, com certeza, para a estrada no sopé da montanha.

Além dos momentos sossegados que passava decifrando a montanha, a parte preferida do dia para Orelha-de-pau era descarregar o carrinho nas imediações do forno, localizado do lado oposto da aldeia em relação à casa de Min. Não muito longe, havia um barracão grande e tosco. Orelha-de-pau empurrava o carrinho para a entrada e carregava braçadas de madeira para dentro do barracão, onde a lenha permaneceria seca. As toras de madeira eram guardadas em pilhas bem arrumadas e altas, até a altura de um homem, de cada lado de um corredor central. Orelha-de-pau gostava de organizar bem sua lenha de modo que os ceramistas pudessem tirar o que quisessem sem a pilha inteira desmoronar.

Ao se aproximar do local, o menino via, com frequência, outros ceramistas usando o forno. Eles cumprimentavam Orelha-de-pau balançando a cabeça quando ele chegava. No quarto dia, um deles dirigiu-se ao menino.

– Você é o novo ajudante do Min, não é?

Orelha-de-pau conhecia o ceramista. Chamava-se Kang. Tinha idade suficiente para ter cabelo grisalho, mas era mais moço que Min, com olhos penetrantes e um jeito inquieto. Orelha-de-pau parou o carrinho e inclinou a cabeça.

— Já era hora de o velho ter um ajudante — Kang falou com uma voz um pouco ríspida. — Das outras vezes, não trouxe nem de perto a cota certa de lenha.

Então, Kang deu um passo à frente e começou a ajudar a descarregar o carrinho, por isso o menino acabou mais rápido do que de costume. Teve tempo suficiente para, a caminho de casa, catar comida em uma pilha de lixo. O miolo de repolho que encontrou complementaria os esforços culinários do Homem-garça.

Era a manhã do décimo dia. Na noite anterior, o menino devolveu o carrinho ao seu lugar do lado da casa de Min e se demorou por alguns instantes. Mas Min não saiu da casa, portanto, Orelha-de-pau foi embora afinal, com sua dívida de trabalho paga na íntegra.

Orelha-de-pau passou a maior parte da noite acordado, pensando na melhor maneira de se aproximar de Min. Nos nove dias de trabalho, Orelha-de-pau não havia tocado na argila nenhuma vez. Nunca poderia aprender a fazer um pote se não continuasse o relacionamento com o ceramista.

O menino ensaiou suas palavras uma última vez à medida que se aproximava da casa de Min. Respirou fundo, prendeu a respiração por um instante para se acalmar e depois gritou:

– Mestre-ceramista?

Para a surpresa do menino, a mulher de Min abriu a porta. Ele sabia, é claro, que Min era casado. Nos dias em que havia espionado Min, Orelha-de-pau havia visto a mulher de relance, saindo para o quintal para espalhar grãos para as galinhas ou buscar água. Mas, já que ela não tinha nada a ver com as cerâmicas, Orelha-de-pau a havia ignorado. E, nos últimos dias, estando muito ocupado a cortar lenha, não a havia visto ou pensado nela.

Agora ele inclinou a cabeça, em pé na frente dela. – O mestre está em casa? – perguntou.

– Ele está fazendo o desjejum – ela respondeu. – Você pode esperar nos fundos da casa.

Orelha-de-pau agradeceu com a cabeça e começou a se afastar, mas a mulher falou de novo, em voz baixa: – Uma coisa boa, você ter cortado a lenha. Ele já não é tão jovem... – A voz tornou-se inaudível.

Orelha-de-pau olhou para ela e seus olhos se encontraram. Os dela eram brilhantes e suaves, em um rosto pequeno, riscado por rugas finas. Ele baixou o olhar imediatamente, não querendo ser considerado inconveniente. *Como os olhos do Homem-garça*, pensou, e se perguntou por quê.

Min lavava as mãos em uma bacia embaixo do beiral quando Orelha-de-pau chegou ao quintal dos fundos.

– O que você está fazendo aqui? – a voz de Min estava contrariada e ele não levantou os olhos. – Já se passaram nove dias e sua dívida foi paga. Se veio aqui para me ouvir dizer isto, pode ir agora.

Orelha-de-pau fez uma reverência, dizendo: – Peço que o nobre ceramista me perdoe a insolência, mas gostaria de expressar minha gratidão...

– Certo, certo – Min interrompeu-o com impaciência. – O que você quer?

– Seria uma grande honra continuar trabalhando para o ceramista – Orelha-de-pau começou o discurso que havia ensaiado com tanto cuidado. – Se o senhor considerasse...

– Não posso pagar você. – A interrupção de Min não poderia ser mais abrupta, mas as palavras ríspidas atingiram Orelha-de-pau como uma chuva fresca num campo ressequido. As palavras "não posso pagar você" equivaliam a um "sim". Uma onda de alegria encheu o coração do menino e lhe deu um nó na garganta, então ele teve que tossir discretamente antes de falar outra vez.

– Trabalhar para o mestre já é pagamento – murmurou.

– Desde o badalar do sino do templo até o cair da tarde, todos os dias – Min declarou.

Orelha-de-pau se viu no chão, prostrado em profunda reverência, de tanta gratidão. Era tudo o que conseguia fazer para refrear o impulso de correr até a ponte e contar as boas novas para o Homem-garça.

— Argila hoje, não madeira — estas foram as instruções de Min para o décimo dia.

Mais uma vez, Orelha-de-pau empurrou o carrinho, mas, desta vez, ao longo da margem do rio, até achar a área própria para escavar. Ali a argila havia sido retirada em placas regulares, formando um padrão de retângulos dispostos em zigue-zague na margem do rio.

Orelha-de-pau parou por um momento quando chegou às jazidas de argila. Havia passado por lá várias vezes e sempre havia gostado de olhar para aquela cena. O padrão geométrico da jazida de argila o agradava. Mas hoje parecia ver pela primeira vez os homens e meninos que trabalhavam lá.

Usando pás, eles recortavam a argila com golpes rápidos. Era difícil acompanhar toda aquela movimentação. Quando o recorte ficava pronto, a placa de argila dele resultante era retirada da margem e colocada em um carrinho de mão ou numa cesta.

Orelha-de-pau observou por algum tempo, com a pá que Min lhe dera sobre o ombro. Depois deslizou pela margem lamacenta até ficar de pé na água rasa. Levantando a pá por cima do ombro, golpeou com força a argila molhada. O golpe produzira um barulho surdo. Notou satisfeito a marca precisa feita pela borda de sua ferramenta. Tentou arrancá-la do solo pela alça, pronto para a próxima investida.

Ela não se moveu. Orelha-de-pau franziu a testa e puxou outra vez. Estava bem enterrada. O menino tentou usar ambas as mãos na parte de baixo do cabo. A argila fazia ruídos de sucção, como se estivesse tentando tragar a pá.

No final, Orelha-de-pau foi obrigado a arrancar, com os dedos, a argila ao redor da borda da ferramenta, a fim de soltá-la. Seus braços e pernas estavam cobertos de lama. O menino parou para espantar um mosquito e, com o movimento da mão, salpicou o lado do rosto com lama. Finalmente, levantou-se e deu um outro golpe.

Orelha-de-pau levou a manhã inteira para encher o carrinho. Os outros trabalhadores já tinham ido embora havia muito. Haviam retirado a argila com tanta perícia e agilidade que o menino sentia-se solitário e desesperado. Pesada! A argila molhada era muito mais pesada do que imaginava. Não conseguia levantar as placas com a pá; tinha que cortar cada uma em pedaços menores e carregá-los um a um para o carrinho. Orelha-de-pau franziu as sobrancelhas ao olhar as massas disformes no seu carrinho, tão diferentes dos retângulos caprichados dos outros trabalhadores.

Além disso, o trabalho com a pá havia reaberto a ferida na mão. Mas não era tão doloroso quanto tinha sido na encosta da montanha, pois, desta vez, podia colocar punhados de lama fresca e sedativa no ferimento.

Quando terminou de carregar o carrinho, a lama que recobria Orelha-de-pau parecia uma segunda pele. Até levantar as sobrancelhas era difícil, já que a testa estava paralisada pela argila seca. Estava tão exausto que mal podia suportar a ideia de empurrar o carrinho, agora tão pesado, até a casa de Min.

Então um pensamento lhe ocorreu de repente – almoço! Ele havia esquecido, por causa dos afazeres matinais. Aprendizes, ajudantes, os trabalhadores mais humildes de cada ofício – qualquer que fosse a sua posição, era o dever do mestre lhes fornecer uma refeição no meio do dia. Agora que o menino não estava mais pagando uma dívida, Min era obrigado a alimentá-lo. A ideia de fazer uma refeição penetrou na fadiga de Orelha-de-pau como um raio de sol em uma nuvem.

Deixou o carrinho na estrada e entrou no rio correndo. Esfregou-se, patinhou na água e mergulhou para se livrar o quanto possível de tanta sujeira. Jamais apareceria para sua primeira refeição no trabalho vestido de lama.

Min deu uma olhada no carrinho cheio de lama. – Você demorou para voltar – disse, fungando. – Não vou poder trabalhar antes da minha refeição do meio-dia.

O ceramista entrou na casa, sem dizer nada sobre a comida do menino. Mas Orelha-de-pau mal teve tempo de se preocupar. A mulher de Min apareceu à porta e entregou-lhe um pacote embrulhado em um pano.

Orelha-de-pau correu para a porta, resistindo ao impulso de arrancar o embrulho de suas mãos. Inclinou a cabeça e estendeu as mãos juntas, palmas para cima, num gesto apropriado para se aceitar algo.

A mulher de Min colocou o embrulho de pano em suas mãos, dizendo: – Coma bem, trabalhe bem.

Orelha-de-pau sentiu um nó ardente na garganta. Levantou a cabeça e viu, nos olhos da mulher, que ela ouvira seu agradecimento mesmo que ele não tivesse conseguido dizer as palavras.

Orelha-de-pau sentou-se em uma pedra sob a paulóvnia e desamarrou as pontas do pano. Havia uma cuia cheia de arroz, cuja brancura era realçada por alguns pedaços escuros de peixe seco e saboroso e uma pequena quantidade de *kimchee* – picles de repolho, bem temperado com pimentão vermelho, cebolas verdes e alho. Um par de pauzinhos havia sido posto com cuidado sobre a tigela.

Orelha-de-pau pegou os pauzinhos e fitou a comida por um momento. De uma coisa estava certo: os banquetes no palácio do Rei em dias de festa não se comparavam à refeição modesta diante dele, pois era fruto de seu trabalho.

Orelha-de-pau carregou outro fardo de argila para Min naquela tarde, depois voltou para a ponte, onde o Homem-garça havia feito um ensopado de cogumelos selvagens para a ceia. O menino falou sobre o seu trabalho com entusiasmo. Só percebeu que havia algo errado quando o Homem-garça levantou-se para recolher as tigelas.

A muleta. Depois de entregar as tigelas para Orelha--de-pau lavar, o velho havia sentado e começado a desbastar um galho reto e robusto com sua faca, para fazer uma nova muleta. Orelha-de-pau limpou as tigelas, empilhou-as com cuidado na prateleira de pedra e, finalmente, perguntou:

– O que aconteceu com a muleta velha?

O Homem-garça fez uma pausa, depois balançou a faca com impaciência. – Aconteceu uma coisa estúpida – respondeu. – Chegou um cardume de linguados hoje.

Falou somente isso, mas Orelha-de-pau compreendeu muito mais. Embora Ch'ulp'o fosse à beira-mar, era uma aldeia de ceramistas, não uma vila de pescadores. Os homens e os meninos raramente se dedicavam à pesca, apesar de dominar sua técnica, que lhes era muito útil. As mulheres e as meninas frequentemente colhiam mariscos na maré baixa.

Um cardume de linguados significava que os peixes saborosos haviam chegado mais próximo da praia do que de costume; as ondas até lançavam alguns peixes diretamente sobre a areia. Notícias como essa faziam muitas pessoas se apressarem para pegar suas varas de bambu. Mas era necessário estar entre os primeiros a correr para a praia. Os linguados logo achavam o caminho de volta e os que se debatiam na areia eram recolhidos somente pelos mais ágeis.

Era sempre Orelha-de-pau que ia para a praia, em corrida desabalada, ao menor sinal de que um cardume havia chegado. Jamais havia voltado sem um peixe ou dois para um delicioso banquete. Agora ele sabia, sem perguntar, que o Homem-garça havia mancado até a praia e cambaleado na areia, tão traiçoeira para sua muleta, apenas para retornar de mãos vazias.

O Homem-garça desbastou outra lasca de madeira encaracolada, depois levou a muleta à altura do rosto, apertando os olhos para verificar se as laterais estavam aprumadas. – Fiquei bravo por não pegar nenhum peixe – disse, voltando a aparar a madeira –, então bati com minha muleta em uma pedra. Quebrou, claro.

Um pequeno monte de aparas estava crescendo aos pés do Homem-garça. Orelha-de-pau agachou-se e mexeu nas aparas com um dedo, envergonhado demais para olhar para cima. Imaginava a jornada lenta e penosa do Homem-garça de volta à casa. Como ajuda, apenas uma muleta quebrada. E nenhum peixe para compensar o transtorno. Como era possível ter esquecido seu amigo ao deliciar-se com sua refeição do meio-dia? Ele deveria ter guardado um pouco da comida para o Homem-garça. Se tivesse sido ao contrário, o Homem-garça jamais teria esquecido.

Orelha-de-pau recolheu as aparas e jogou-as no rio. Enquanto olhava a corrente carregá-las para longe, murmurou:

– Sinto muito pelos linguados.

– Ah, meu amigo! – o homem exclamou. – Você deve estar querendo dizer: "Sinto muito pela sua perna." Porque esta é a razão pela qual não temos peixe para o jantar. Mas acho que é perda de tempo para nós dois ficarmos muito tempo lamentando algo que não podemos mudar. – O Homem-garça deu um grunhido ao se levantar e se apoiou na nova muleta para testá-la.

Satisfeito, assentiu com a cabeça. – Além disso, quando eu me for deste mundo, vou ter duas pernas boas e não vou precisar disto. – E bateu de leve na muleta com sua mão livre.

Ainda aborrecido consigo mesmo, Orelha-de-pau resmungou baixinho: – Alguns de nós vão ter *quatro* pernas boas.

O Homem-garça deu uma leve pancada no menino com a muleta nova. – Que está dizendo, moleque atrevido? Que vou ser um bicho na próxima encarnação?

Orelha-de-pau começou a protestar: – Não, você não... – Depois parou e sorriu. – Bem, talvez – disse, descansando o queixo na mão, numa atitude de reflexão profunda. – Um coelho, acho. Bem esperto e ligeiro...

– É melhor você ser ligeiro agora! – o Homem-garça berrou, com raiva fingida, brandindo a muleta como se fosse uma espada. Orelha-de-pau começou a saltar como um coelho no pequeno recanto onde viviam, evitando as estocadas e os golpes do Homem-garça. Esqueceu sua vergonha naquele momento e o dia acabou em risadas.

Capítulo 4

De manhã, Orelha-de-pau apresentou-se à porta do mestre antes de o sino do templo tocar. Como havia esperado, foi a mulher de Min que atendeu.

O menino entregou-lhe uma cuia e inclinou a cabeça.

– Trouxe minha própria cuia hoje, para não incomodar a mulher do nobre ceramista. – O plano de Orelha-de-pau era comer só a metade da comida, deixar a cuia escondida e levar a outra metade para o Homem-garça no final do dia.

A mulher de Min assentiu e pegou a cuia, mas ele notou a expressão intrigada de seus olhos. No dia anterior, havia devolvido a cuia e os pauzinhos para ela depois de lavá-los e enxugá-los. Com certeza, não havia necessidade de ter trazido sua própria cuia.

Orelha-de-pau afastou-se, sentindo a culpa como uma sombra sobre sua testa e esperou fervorosamente que ele não a houvesse ofendido. *Não estou enganando ninguém,* argumentou consigo mesmo. *E não pedi mais comida – não deve fazer diferença para ela em que cuia...*

O menino transportou argila para Min outra vez e, no meio da tarde, havia se acostumado mais ao trabalho. Estava aprendendo o complicado equilíbrio necessário para trabalhar com sua ferramenta – usar força bastante para traçar um corte preciso, mas não lançar a pá com tanto ímpeto a ponto de enterrá-la no lodo. O trabalho corria mais velozmente agora e os músculos das costas e braços, que haviam se fortalecido com o corte da lenha, não reclamavam mais com tanta veemência.

No final do dia, Orelha-de-pau levou o último fardo de argila para a casa de Min. Como de costume, o ceramista não estava lá. O menino deixou o carrinho debaixo do beiral e foi pegar a outra metade de sua refeição do meio-dia.

Orelha-de-pau perdeu o fôlego. A cuia não estava debaixo da paulóvnia onde ele a havia deixado. Procurou na área em volta da árvore. Havia coberto a tigela com um pano e prendido com algumas pedras. Encontrou o pano preso nos galhos de um arbusto. Lá estava a cuia, a alguns passos de distância, dentro da vegetação.

Vazia. Não somente vazia, mas totalmente raspada, sem um grão de comida. Algum animal selvagem...

A decepção o invadiu com tanta força que ele sentiu a necessidade de extravasá-la com um uivo de lobo. Em vez disso, pegou a tigela e a arremessou no meio dos arbustos, tão longe quanto possível.

– Ai! – O grito espantado, vindo de algum lugar na vegetação, fez Orelha-de-pau pular de susto. A mulher de Min surgiu detrás de um arbusto emaranhado, segurando a cuia em uma das mãos e uma cesta na outra. A cesta estava cheia de amoras, framboesas e outros frutos silvestres, que ela aparentemente havia colhido na encosta.

A mulher trazia no rosto um sorriso suave quando lhe entregou a cuia. – Esta cuia teve um desejo intenso de se tornar meu chapéu – disse. – Uma cuia voadora! Não é de admirar que você prefira esta cuia à minha. – Orelha-de-pau percebeu que ela estava brincando, mas sentiu-se constrangido e decepcionado demais para responder. Limitou-se a um seco balançar de cabeça. Controlou-se a tempo de transformar o gesto em uma reverência respeitosa e depois fugiu, deixando para trás a cena, mas não a consciência, de seu fracasso.

Mais uma vez, não tinha conseguido compartilhar sua refeição com o Homem-garça. Além disso, quase tinha acertado a cabeça da mulher de seu mestre com a cuia.

Orelha-de-pau já estava trabalhando para Min havia duas luas cheias, mas parecia um ano ou até mais. Às vezes, achava que mal podia lembrar como sua vida era antes. Os dias haviam adquirido um ritmo, uma regularidade que achava reconfortante e confiável. Acordava cedo, trabalhava para Min, comia metade de sua refeição, trabalhava outra vez e voltava para a ponte ao entardecer.

Na tentativa de evitar que animais selvagens comessem a metade de sua comida enquanto trabalhava, Orelha-de-pau havia adquirido o hábito de escondê-la cada vez mais perto da casa. Num canto distante do quintal de Min, havia cavado um buraco grande o suficiente para conter a cuia e havia achado uma pedra grande e achatada para cobri-lo. O arranjo parecia bastante discreto e ele ficou satisfeito de encontrar a comida intocada na primeira vez que a escondeu lá. Desde então, passou a levar a ceia para o Homem-garça todas as noites.

Essa era a sua maior satisfação. As refeições fornecidas pela mulher de Min eram simples, mas nunca deixavam de encantar seu amigo, que, todas as noites, abria o pacote que envolvia a cuia como se fosse um presente de joias reais.

– Tofu, hoje – o Homem-garça dizia, com os olhos reluzindo. – Com *kimchee* de pepino também. Uma combinação feliz, de verdade. Tofu macio e pepino crocante. O sabor suave do tofu e o gosto picante do pepino. Aquela mulher é uma artista.

Vários dias depois que começou a usar o novo esconderijo, Orelha-de-pau fez uma descoberta intrigante. Como de costume, havia comido metade da refeição ao meio-dia. Ao recolher a cuia ao fim do dia de trabalho, desembrulhou-a como sempre fazia para verificar seu conteúdo.

A tigela estava cheia de comida. Orelha-de-pau fitou-a com espanto. Olhou na direção da casa, mas nem Min nem sua esposa estavam por perto. Toda noite, desde então, ele passou a encontrar a cuia cheia, com comida bastante para a ceia tanto do Homem-garça como dele mesmo.

Orelha-de-pau estava aprendendo uma técnica nova – a drenagem da argila. Era um processo tedioso, mas que despertou seu interesse.

A uma certa distância da casa, perto de um riacho de águas claras, uma série de buracos rasos havia sido cavada e forrada com várias camadas de uma espécie de tecido cru. Orelha-de-pau colocava argila nas covas e adicionava água, mexendo até formar uma lama densa e viscosa. Em seguida, agitava a mistura com um batedor de madeira até que a argila e a água se tornassem uma massa homogênea.

Depois, a lama era recolhida e derramada em uma peneira presa a uma cova situada ao lado da primeira. O processo peneirava pedrinhas e outras impurezas. Finalmente, a argila descansava por alguns dias até que a água na parte superior houvesse sido drenada ou pudesse ser retirada.

Min apertava punhados de argila purificada ou a esfregava entre os dedos. Geralmente fazia isso com os olhos fechados – para melhor senti-los, Orelha-de-pau supôs.

Ele não perguntou nada, pois Min preferia trabalhar falando o mínimo possível. O ceramista vociferava ordens secas, que Orelha-de-pau se esforçava para cumprir usando todos os meios disponíveis: observando Min, observando outros ceramistas, experimentando. Não sabia por que Min não explicava melhor o que queria. Os erros de Orelha-de-pau custavam um tempo valioso ou desperdiçavam a preciosa argila. Então Min gritava ou repreendia o menino enquanto este mantinha o olhar fixo nos seus sapatos, envergonhado e, na maior parte das vezes, ressentido.

Porém, desde o dia em que havia danificado a caixa, Min nunca mais havia levantado a mão para ele. Durante as primeiras repreensões, Orelha-de-pau havia se preparado, pronto para os golpes que certamente as acompanhariam, como os que havia suportado quando era pego remexendo em uma pilha de lixo. Mas não tinha mais sido agredido, naquela ocasião ou em qualquer outra, mesmo no auge do desprezo ou da fúria de Min.

As ações de mexer, peneirar, deixar descansar e retirar a água eram repetidas várias vezes até Min ficar satisfeito com o resíduo. Dependia do trabalho a ser feito. Se o barro se destinasse a uma chaleira robusta para ser usada no dia a dia, só uma drenagem bastaria. Contudo, para confeccionar um porta-incenso finamente trabalhado, encomendado por um mercador rico que desejava ofertá-lo ao templo, a argila teria que ser drenada duas ou até três vezes. A argila que fosse aprovada por Min era amassada na forma de uma bola grande, pronta para ser torneada.

O mais esmerado em termos de drenagem era reservado para a criação do esmalte celadon. Para fazê-lo, meia dúzia de drenagens talvez não fosse suficiente. Orelha-de-pau, às vezes, queria gritar ou socar o barro de tanta frustração quando Min fazia um gesto abrupto para que ele repetisse o processo mais uma vez.

A argila para o esmalte era misturada, em proporções precisas, com água e cinza de madeira. Esta combinação deve ter sido obra de um acaso feliz em um passado distante. Talvez cinzas caíram, por acidente, em um vaso com esmalte comum, no forno, e formaram manchas da clara cor celadon. Agora os ceramistas usavam cinzas de propósito, cada um com uma fórmula secreta, para produzir o esmalte tão apreciado.

Como os ceramistas se orgulhavam da cor! Ninguém havia conseguido dar-lhe um nome satisfatório porque, embora fosse verde, por baixo dela havia tons de azul, cinza e violeta, quase imperceptíveis, como o mar num dia nublado. Matizes diferentes se fundiam quando o esmalte se acumulava em reentrâncias ou brilhava, transparente, sobre as superfícies em alto-relevo de um desenho entalhado. De fato, um erudito chinês de renome havia, certa vez, escolhido as doze pequenas maravilhas do mundo. Onze delas eram chinesas e a décima segunda era a cor da cerâmica celadon! As crianças de Ch'ulp'o aprendiam esta história quase antes de aprender a andar.

Orelha-de-pau podia sentir a diferença entre os resultados da primeira drenagem e os da terceira, por exemplo. Depois de passar três vezes pela peneira, a textura do barro era evidentemente mais macia e homogênea, com um toque sedoso tão leve como uma pluma. Comparado a ela, o barro resultante da primeira drenagem parecia ter cascalhos.

Mas depois de o processo ter sido repetido três vezes, as drenagens posteriores não pareciam fazer diferença – pelo menos, não para Orelha-de-pau. Ele apertava os olhos, prendia a respiração e esfregava a argila entre os dedos, tentando desesperadamente detectar a diferença entre uma quinta e sexta drenagens. O que Min sentia? Por que Orelha-de-pau não conseguia senti-lo?

Min jamais demonstrava qualquer satisfação com o trabalho do menino. Apenas pegava a bola de argila e se dirigia à casa. O menino continuava a tomar conta do processo de drenagem, resignado mas cheio de inveja, na certeza de que Min estava levando a argila para o torno.

No passado, o hábito de manter os ouvidos abertos para as conversas dos habitantes da aldeia era uma perícia decisiva para a sobrevivência de Orelha-de-pau. A notícia de um casamento, por exemplo, significava que a família da noiva prepararia muita comida nos dias anteriores à cerimônia; sua pilha de lixo mereceria uma atenção especial durante aquele tempo. O nascimento de um filho, a morte de um patriarca – esses acontecimentos também afetavam as condições do lixo de uma casa.

Evidentemente, nenhum aldeão pensava em contar a Orelha-de-pau sobre tais eventos. Coube a ele aprender, com o passar dos anos, a decifrar sussurros e encontrar pistas que indicavam mudanças na rotina diária dos aldeões. Um carregamento extra de sacos de arroz entregue em uma casa indicava uma festa próxima; um homem geralmente sóbrio cambaleando bêbado uma noite poderia significar que acabara de se tornar pai.

A estratégia do menino consistia em pular de uma pilha de lixo para outra, parar em quase todas as casas da aldeia, prestar atenção a trechos de conversa ao longo da estrada. Foi assim que tomou consciência de sua posição humilde, pois as pessoas tendiam a ignorá-lo por completo. Nas raras ocasiões em que notavam sua presença, geralmente falavam como se ele não estivesse lá.

O menino levava as notícias para o Homem-garça e eles discutiam como tais informações poderiam proporcionar uma refeição melhor.

O Homem-garça costumava fazer piadas sobre o fato:
– Orelha-de-pau! Veja como seu nome é perfeito! Você é como as orelhas de uma arvorezinha esquelética, despercebida por todos mas ouvindo tudo!

Com efeito, tal habilidade seria de grande serventia na sua nova vida como ajudante de Min.
– Dois meses para fazer um vaso.
– Min, o ceramista-tartaruga!
– O preço de um dos vasos de Min: dois bois, um cavalo e seu primogênito!

Era assim que os outros ceramistas, seus aprendizes e alguns dos aldeões se referiam a Min – geralmente de brincadeira mas, às vezes, sob a fina camada de zombaria em suas vozes, havia desprezo. Aos poucos, Orelha-de--pau chegou à conclusão de que o trabalho de seu mestre tinha a fama de ser lento; lento e caro. Por trabalhar tão vagarosamente, ele fazia menos peças que os outros ceramistas e, como resultado, tinha que vender suas peças por um preço mais alto. O trabalho de Min era renomado pela beleza, mas poucos tinham condições de comprá-lo.

Orelha-de-pau veio a saber muito mais, sem que ninguém contasse nada a ele diretamente. Soube que, na juventude, Min havia sido um dos ceramistas mais bem sucedidos de Ch'ulp'o, mas sua busca por perfeição havia feito com que perdesse muitas encomendas bem pagas. Os fregueses se cansavam de esperar por peças que só ficavam prontas meses depois do prazo e, no final, compravam o que desejavam em outro lugar. É verdade que havia pessoas que se dispunham a esperar por uma das criações de Min, mas a quantidade deste tipo de comprador diminuía a cada ano.

Acima de tudo, o que Min precisava era de uma encomenda real. As vasilhas usadas no dia a dia na residência do Rei; as obras de arte exibidas no palácio e seus templos e, em especial, os presentes enviados, como símbolos de paz e respeito, à maior nação do mundo – a China... estes eram considerados os trabalhos mais valiosos e recompensados generosamente. Uma encomenda real era o sonho de todos os ceramistas, mas Orelha-de-pau sentia, de alguma forma, que era mais do que um sonho para Min. Era o desejo de sua vida.

Foi assim, portanto, que Orelha-de-pau veio a conhecer seu mestre: através da opinião alheia, através da observação atenta de seu trabalho e do contato estreito com o ceramista, quando respirava o mesmo ar que ele, enquanto trabalhavam. Jamais através do próprio Min.

As ameixeiras floresceram; as pétalas caíram como neve, deixando em seu lugar botões verdes minúsculos que se escondiam timidamente entre as folhas. Enquanto Orelha-de-pau aprendia a retirar e drenar argila, os pequenos botões incharam e tornaram-se roxos até que os mais maduros caíram ao chão, onde o Homem-garça os catava, andando aos pulos, e os colocava na bainha de sua túnica, amarrada para formar um saco.

No final daquele verão, Orelha-de-pau e o Homem-garça sempre tinham comida suficiente, pois a cuia meio-vazia do almoço sempre se tornava uma tigela repleta de comida para a ceia. Orelha-de-pau havia tido a tentação de comer todo o almoço ao meio-dia, sabendo em seu coração que a cuia seria reabastecida. Mas tal pensamento o assustava. Como é fácil ficar ganancioso! E ele sabia, sem perguntar, que o Homem-garça não aprovaria. Isso é aproveitar-se da bondade dos outros, diria.

Em vez disso, o menino refletiu por longo tempo como agradecer à mulher de Min. Sentia-se envergonhado por poder fazer tão pouco. Nas raras ocasiões em que Min o dispensava cedo, ele ficava na casa, procurando pequenas tarefas, como arrancar as ervas-daninhas da horta. E sempre enchia o barril com água do riacho antes de partir à noite. A frustração quanto à sua incapacidade de demonstrar toda a sua gratidão era como o pequeno mas constante zumbido de um mosquito em seus pensamentos.

No entanto, era uma preocupação bem leve durante a época mais feliz que Orelha-de-pau lembrava – dias dourados, noites quentes, trabalho para fazer e comida para comer. E o Homem-garça dizia, com frequência, que não havia melhor fecho para uma refeição do que uma ameixa madura e doce.

Capítulo 5

A caminho da casa de Min uma manhã bem cedo, quando as ameixeiras vestiam o manto escarlate e dourado do outono, Orelha-de-pau viu o ceramista Kang empurrando um carrinho de mão na direção do forno. O carrinho estava coberto com um pano. Só este fato já despertou o interesse de Orelha-de-pau. Uma encomenda comum – um conjunto de tigelas para uso doméstico, por exemplo – não mereceria tanta cautela. Kang, com certeza, iria queimar alguma peça especial naquele dia.

Além disso, o fato de que Kang estava tão cedo na estrada significava que ele queria alcançar o forno antes dos outros. Ele rastejaria dentro do túnel-forno e empurraria suas peças para a extremidade mais distante – outra precaução contra olhos curiosos.

Orelha-de-pau ficou parado por um instante, com os braços cruzados e a testa franzida. Parecia uma boa ideia visitar o forno quando estas peças em particular tivessem terminado de queimar.

Mas quando procurou no forno, vários dias mais tarde, o trabalho de Kang não estava lá.

Nos dias seguintes, enquanto Orelha-de-pau corria de um lado para o outro fazendo tarefas para Min, manteve os olhos bem abertos procurando por Kang. Sua vigilância foi recompensada no quarto dia. O menino agachou-se ao lado da pilha de lixo de Kang – um lugar que conhecia bem – e observou Kang sair do barracão, cedo naquela noite, carregando duas tigelas pequenas.

Kang as carregava com cuidado, como se estivessem totalmente cheias. Concentrado nas tigelas, tropeçou em uma pedra no caminho e derramou um pouco do conteúdo de ambas as tigelas. Kang praguejou tão alto que Orelha-de-pau o ouviu. A seguir, desapareceu dentro da casa.

Orelha-de-pau esperou um pouco antes de deslizar, devagar e em silêncio, até o lugar no quintal onde Kang havia tropeçado. Na luz fraca do entardecer, examinou com atenção o líquido derramado.

Era argila com água suficiente para se tornar semilíquida: os ceramistas a chamavam de "engobo". Nada demais até aí. Mas uma coisa intrigou Orelha-de-pau.

Duas tigelas, com duas cores diferentes de engobo: vermelho-tijolo e branco.

Orelha-de-pau saiu do quintal sem ser notado, com seus pensamentos em tumulto. Havia lugares na jazida à margem do rio onde o barro era de várias cores, com certeza. Mas o que os ceramistas procuravam era a argila marrom-acinzentada que se fundia tão bem com o esmalte celadon. Tanto o corpo do vaso quanto seu esmalte mudavam de cor quando queimados; um vaso que entrava no forno de uma cor cinzenta fosca saía de uma cor verde translúcida admirável.

Assim, os ceramistas evitavam áreas onde o barro tinha listras esbranquiçadas ou cor de ferrugem, já que argila destas cores não se transformava em verde celadon quando queimada. Entretanto, Kang estava trabalhando com engobo branco e vermelho. O que estaria fazendo?

Orelha-de-pau sabia que os ceramistas, às vezes, tentavam pintar desenhos nas peças usando engobo colorido. Mas tais tentativas geralmente eram malsucedidas. Quando esmaltadas e queimadas, o engobo borrava ou escorria, fazendo indistintos os contornos do desenho em vez de claros e precisos. De vez em quando, um artesão mais inexperiente tentava pintar suas peças, mas os ceramistas mais hábeis, Min e Kang entre eles, havia muito tinham desistido da técnica.

Orelha-de-pau não acreditava que Kang estivesse pintando suas peças – mas o que se poderia fazer com pequenas quantidades de engobo colorido? Quando caminhou para casa naquela noite, nenhuma resposta veio à tona entre as perguntas que nadavam em disparada, como peixes, em sua mente.

O ciclo de trabalho interminável continuava: cortar lenha, retirar a argila e drená-la. Às vezes, havia uma pequena mudança, como o dia em que Min o mandou para a praia recolher conchas. Seriam usadas como calços, para apoiar a peça e afastá-la da argila no chão do forno, de modo que não se fundissem. As conchas tinham que ser de forma e tamanho precisos. Orelha-de-pau retornou com a cesta cheia de conchas, mas Min rejeitou a maioria e o mandou de volta para pegar mais.

Orelha-de-pau já não acordava de manhã com a sensação de que *este* seria o dia em que Min o deixaria sentar ao torno. Agora pensava em termos de luas ou até mesmo estações. Talvez este mês... talvez este inverno... ou quando chegar a primavera. A chama da esperança que ardia dentro dele estava menor agora, mas não menos brilhante e impetuosa, e ele a alimentava quase todos os dias com visões do pote que faria.

Seria um "vaso prunus" – a mais elegante de todas as formas. Alto e de belas proporções, levantando-se de sua base para se alargar graciosamente e depois se arredondar até a boca, o vaso prunus era projetado com um único propósito: ostentar um ramo de ameixeira em flor.

Orelha-de-pau adorava a simetria dos vasos prunus que surgiam do torno de Min. Uma vez, durante a primeira primavera que trabalhou para ele, havia observado o velho ceramista colocar um ramo de ameixeira em um vaso pronto, para julgar seu efeito.

As curvas suaves do vaso, sua misteriosa cor verde. Os ângulos agudos dos galhos de ameixeira, sua cor negra em contraste com as etéreas flores brancas. O trabalho de um ser humano e o trabalho da natureza; argila da terra e um ramo do céu. Uma espécie de paz tomou conta de Orelha-de-pau, corpo e alma, como se, enquanto ele olhasse para o vaso e o ramo de ameixeira, nada pudesse correr errado no mundo.

Os dias tornavam-se mais curtos e frios. O arroz foi colhido e aos pobres foi permitido catar os grãos caídos nos campos. Era uma tarefa árdua e extenuante: horas e horas de trabalho para colher uns meros punhados de arroz. Nesta época, Orelha-de-pau adotava o hábito de levantar antes do amanhecer e passava mais ou menos uma hora nos campos antes de ir trabalhar. No final do dia, retornava aos campos para catar arroz, mesmo depois que a escuridão impedia sua visão. O arroz colhido agora sustentaria os pobres no inverno, quando seria impossível obter alimentos na natureza.

Às vezes, especialmente no final do dia, Orelha-de-pau achava que não poderia apanhar mais um grão sequer. *Não preciso disto agora*, pensava. Mas junto a este, outro pensamento surgiria. *Quem sabe por quanto tempo Min vai querer que eu trabalhe para ele?* E redobrava os esforços.

O Homem-garça estava ocupado, também. Quando se cansava de colher grãos de arroz, sentava-se à beira do campo e trançava punhados de palha de arroz para fazer esteiras e sandálias. Aprendera a técnica sozinho, havia muito tempo, já que era impossibilitado de fazer trabalhos mais vigorosos por causa da perna doente.

O Homem-garça fez as sandálias de Orelha-de-pau primeiro, dizendo que o menino tinha necessidade delas por causa dos serviços que prestava a Min. Mediu os pés do menino com cuidado e trançou várias camadas de palha para fazer as solas grossas e fortes. A seguir, torceu e entrelaçou mais palha para formar os lados.

— Acabei! — O Homem-garça exclamou uma noite, ao prender a última palha, enquanto a luz da tarde de inverno se esvaía. Entregou o par de sandálias para Orelha-de-pau, que inclinou a cabeça em agradecimento e não hesitou em curvar-se para calçá-las.

O rosto do Homem-garça adquiriu uma expressão decepcionada. Por mais que Orelha-de-pau empurrasse o pé para a frente e esticasse o calcanhar da sandália, não conseguia calçá-la. Estava pequena demais.

O Homem-garça resmungou consigo mesmo, de mau humor, e vasculhou a bolsa de cintura à procura do barbante encardido que usara para medir o pé do garoto. Comparou-o com a sola da sandália. Eram exatamente do mesmo tamanho.

Deixou escapar um suspiro de alívio. — Ah! — disse. — Então, não errei! Você, meu jovem amigo, é que não teve consideração e cresceu bastante este mês!

Era verdade. Orelha-de-pau percebera isso, naquele mesmo dia, quando bateu com a cabeça em uma seção da ponte sob a qual sempre conseguia ficar de pé. Apesar da piada, Orelha-de-pau balançou a cabeça e lamentou o trabalho desperdiçado do amigo.

As sandálias trouxeram-lhe à mente uma outra preocupação. Todo ano, mais ou menos nessa época, os monges desciam do templo na montanha para colher o dízimo de arroz. Às vezes, aceitavam outras doações, como roupas quentes, e Orelha-de-pau ficava atento à possibilidade de alguns agasalhos serem repassados para os pobres. Dessa forma, o menino conseguia juntar um guarda-roupa de inverno para si próprio e para o Homem-garça.

Esse ano, os monges não apareceram. Talvez estivessem doentes, ou outro contratempo impedira que viessem; mas, fosse qual fosse a razão, Orelha-de-pau se preocupava com o amigo. O Homem-garça sofria com o frio e as noites já se tornavam geladas.

Logo, o inverno cavalgou no dorso do vento e galopou montanha abaixo na direção da aldeia. Raramente nevava em Ch'ulp'o, mas o ar estava tão frio que condensava a respiração do menino em pequenas nuvens de vapor e era tão cortante que parecia estar cheio de diabinhos que mordiam-lhe o nariz, as mãos e os pés. Era hora de Orelha-de-pau e o Homem-garça fazerem sua mudança anual.

Durante o inverno, os amigos abrigavam-se em um silo subterrâneo nas cercanias da aldeia. A fazenda que existia no lugar desaparecera em um incêndio muitos anos antes, mas o silo permanecera. Os lavradores armazenavam legumes e verduras para consumo próprio em fossas do tamanho de um quarto. Este silo, como os outros, possuía uma rampa que permitia a entrada. O Homem-garça podia ficar de pé, ereto, dentro dele, com a cabeça ainda abaixo do nível do solo. Os dois amigos criaram um teto para o abrigo com galhos de árvore e palha. As esteiras do Homem-garça forravam o chão.

Orelha-de-pau detestava as noites frias que passava no abrigo. Embora fosse melhor dormir protegido do vento, estar em um lugar subterrâneo o fazia sentir mais frio. Sentia-se preso, também – ao contrário da ponte, onde o rio sempre o fazia lembrar da existência de lugares distantes. Se não fosse pela presença do Homem-garça, Orelha-de-pau jamais suportaria as longas noites de inverno.

– Não vamos ficar muito tempo aqui – o Homem-garça dizia, todos os anos. – Só durante a pior parte do inverno, o degelo e as inundações da primavera. Duas luas, talvez, e a ponte nos receberá de braços abertos!

O menino esperava no quintal; Min ainda não saíra da casa. Quando a porta se abriu, foi a mulher que apareceu, carregando umas roupas dobradas.

– Orelha-de-pau! – exclamou com rispidez. O aprendiz levantou os olhos, surpreso, e perguntou-se o que fizera de errado. Então percebeu que, embora a boca estivesse severa, os olhos continham um brilho maroto.

– Como pode trabalhar direito para o nobre ceramista se está tremendo de frio? – ela ralhou. Estendeu-lhe algo escuro e macio e Orelha-de-pau, depois da reverência, endireitou o corpo para pegá-lo. Seus olhos se arregalaram de espanto.

Era um conjunto de casaco e calças, feitos de algodão espesso e acolchoado – a mais quente das roupas. A mulher de Min segurou o casaco na frente do menino.

– Deve ser do tamanho certo – opinou, enquanto erguia as sobrancelhas. Ao perceber o que era esperado dele, Orelha-de-pau aceitou o casaco e vestiu-o. Um aconchego delicioso o envolveu; a mulher de Min devia ter aquecido o casaco perto da lareira.

– Bem – a mulher assentiu com a cabeça, pareceu hesitar por um instante e, a seguir, falou em voz baixa:

– Nosso filho, Hyung-gu, morreu de febre quando tinha mais ou menos a sua idade. Fiz estas roupas para ele, mas nunca foram usadas.

Orelha-de-pau tentou disfarçar o espanto, mas teve certeza de que a expressão do rosto o traíra. Min, pai? Parecia quase impossível. O menino não podia imaginar Min fazendo qualquer coisa a não ser trabalhar. Imaginar que ele algum dia tivera um filho...

– Use-as e tenha boa saúde. – A voz suave interrompeu-lhe os pensamentos e de repente ele tomou consciência de seu comportamento descortês. Fez uma nova reverência.

– Minha gratidão mais profunda à mulher do nobre ceramista – falou. Ela repetiu com a cabeça o gesto de aprovação e desapareceu na casa.

Min saiu logo em seguida. Examinou Orelha-de-pau, que usava o casaco. O menino prendeu a respiração e perguntou-se como Min deveria se sentir... ao ver as roupas do filho em um órfão humilde.

— Ideia dela, não minha — resmungou o ceramista; e acenou para que Orelha-de-pau começasse a trabalhar.

O dia inteiro Orelha-de-pau teve que enrolar as mangas do casaco, que eram um pouco compridas para ele. E a vestimenta era quase quente demais, uma vez que estava acostumado à túnica feita de estopa fina.

Então uma ideia tomou forma. O casaco deveria caber no Homem-garça como uma luva.

E coube mesmo, para a alegria do Homem-garça. No começo, ele recusou, alegando que o casaco era para Orelha-de-pau. Mas o menino insistiu; havia refletido sobre o dilema durante o caminho para casa. Seria errado passar adiante um presente que acabara de receber? Era um *presente*, argumentou consigo mesmo, o que significava que poderia fazer dele o que bem quisesse — usar ou passar adiante. Pensou na mulher de Min e chegou à conclusão de que não a desagradaria se decidisse dar o casaco ao amigo.

Convencer o Homem-garça foi outra história. — Se não aceitar o casaco, não vou usar as sandálias novas — Orelha-de-pau disse com firmeza e apontou para o sapato inacabado nas mãos do homem.

— Ah! — o Homem-garça balançou a cabeça. — Que macaco teimoso! Faço sandálias para você todos os invernos desde que chegou aqui e agora as recusa? — Mas, enquanto falava, vestiu o casaco, e Orelha-de-pau pôde perceber um ar de satisfação por detrás da expressão fechada.

As calças eram pequenas demais para o Homem-garça, por isso Orelha-de-pau as vestiu. Olharam um para o outro e perceberam que as roupas novas formavam um vívido contraste com os trapos que usavam. O Homem-garça deu uma gargalhada.

— Separados, parecemos bem estranhos, mas juntos estamos tão bem vestidos como qualquer homem!

Ainda ria quando Orelha-de-pau pegou a cuia e serviu a ceia.

A luz incerta de uma lanterna atraiu o olhar de Orelha-de-pau uma noite, enquanto caminhava da casa de Min para o abrigo. Sentia-se confortável em suas calças novas. Os dias eram tão curtos agora que sempre voltava para casa no escuro. A luz vinha do barracão atrás da casa de Kang. Orelha-de-pau parou abruptamente. Se saía uma luz de um barracão sem janelas, deveria haver um buraco ou uma abertura em algum lugar...

A tentação era grande demais. Orelha-de-pau deslizou em silêncio sobre o chão congelado, esgueirou-se ao longo da parede do barracão e, depois de um rápido olhar ao redor, curvou o corpo para nivelar os olhos com um furo na madeira na altura de seu ombro.

Orelha-de-pau deparou com o perfil de Kang. O ceramista estava sentado com as duas tigelas de engobo branco e vermelho à sua frente e uma lamparina a óleo um pouco adiante, e usava o torno como superfície de trabalho. Estava fazendo um pequeno cálice de vinho. Com um furador, entalhava a argila no ponto de couro. Era um desenho simples de crisântemo, mais tosco que muitos trabalhos de entalhe pelos quais os ceramistas de Ch'ulp'o eram famosos. Mas, em vez de fazer o contorno das pétalas do modo costumeiro, Kang escavava na argila depressões no feitio de lágrima.

Enquanto Orelha-de-pau continuava a observar, Kang pegou uma pequena quantidade da argila branca semilíquida com a ponta do furador e a depositou em uma das reentrâncias em forma de lágrima. Fez a mesma coisa em cada um dos espaços até que uma flor de pétalas brancas tornou-se claramente visível, contrastando com o fundo fosco. Para o caule e as folhas, usou argila vermelha. Com uma plaina, alisou com cuidado a superfície do desenho de modo que a argila colorida estivesse exatamente no mesmo nível do corpo do cálice.

Kang examinou sua obra com olhos críticos, levantou-se e repôs as ferramentas na prateleira. Orelha-de-pau estremeceu ao perceber o significado daqueles últimos gestos; o ceramista devia ter dado o trabalho por terminado naquela noite e sairia do barracão a qualquer momento. Olhou em volta com todo o cuidado e saiu em disparada de volta para a estrada.

O pescoço e os ombros de Orelha-de-pau estavam doloridos de permanecer tanto tempo curvados na mesma posição. Enquanto corria para casa, contraiu e relaxou os ombros para soltar os músculos emperrados. Mas este movimento também poderia significar que encolhia os ombros de perplexidade diante da cena que acabara de presenciar.

Capítulo 6

Nos dias seguintes, Orelha-de-pau visitou o forno todos os dias na tentativa de ver de relance a misteriosa taça de vinho de Kang depois de queimada. Uma vez, encontrou o filho do ceramista, que retirava vasos queimados do forno e colocava-os em um carrinho. Orelha-de-pau fingiu admirar as peças para poder examiná-las de perto. Eram de celadon comum – não havia sinal do crisântemo pequeno e estranho. O tempo passava, a neve começou a derreter. Orelha-de-pau ainda não havia conseguido encontrar o vaso.

Certa vez, quando voltava do forno, notou vários homens e rapazes reunidos perto da adega. Toda noite, alguns deles paravam lá para tomar uma bebida, mas hoje havia tantos que não cabiam no local. O grupo parecia agitado e um dos rapazes o chamou.

Orelha-de-pau se surpreendeu com o cumprimento. As outras crianças de Ch'ulp'o sempre o rejeitaram, pois achavam que órfãos atraíam má sorte. Afastavam-se quando ele se aproximava, e as menores costumavam se esconder atrás das saias das mães. Desde que começara a trabalhar para Min, os ajudantes dos outros ceramistas toleravam sua presença, mas uma saudação amistosa ainda era rara. Deviam ser notícias realmente muito importantes.

– Orelha-de-pau! Já soube da novidade? Um emissário real vem a Ch'ulp'o!

Orelha-de-pau circulou entre os grupos de pessoas para inteirar-se das últimas notícias. Com o fim das tempestades de inverno, as rotas de comércio marítimo estavam abertas outra vez. Um barco chegara a Ch'ulp'o naquela tarde; as pessoas a bordo contavam que um emissário real viria como passageiro de um outro barco que navegaria na lua seguinte. O emissário se dirigiria primeiro a Ch'ulp'o e depois viajaria para o distrito de Kangjin, uma região de cerâmicas mais ao sul.

Ch'ulp'o e Kangjin! Os dois destinos poderiam significar somente uma coisa: o motivo da viagem do emissário real era encomendar cerâmicas para o palácio!

Os homens bebiam, e os rapazes circulavam. Todos especulavam sobre a quantidade de encomendas que seriam feitas. Nervosos, medrosos, impassíveis, serenos – qualquer que fosse a natureza do indivíduo, a esperança brilhava no rosto de cada um, embora ninguém expressasse seu desejo.

Orelha-de-pau viu Kang num canto do bar de vinhos, sentado com as pernas estendidas e as mãos atrás da cabeça. Parecia ouvir mais do que falava e conservava os olhos semicerrados e um meio-sorriso no rosto. Ninguém duvidava que Kang estava guardando algum segredo.

Naquela noite, Orelha-de-pau rolou na cama. Estava inquieto e não conseguia conciliar o sono. Ele e o amigo moravam embaixo da ponte de novo. Fixava os olhos na parte da ponte que lhe servia de teto, deitava de bruços e depois de lado.

Finalmente, o Homem-garça o cutucou. – Que demônio é este que perturba tanto você hoje? – perguntou, aborrecido. – Parece ser um demônio decidido a não nos deixar pegar no sono!

Orelha-de-pau sentou-se, encolheu as pernas e abraçou os joelhos para se aquecer. – Um demônio em forma de dúvida – respondeu.

O Homem-garça sentou-se também. – Bem, vamos ouvi-la, então. Quem sabe a dúvida é esclarecida e o demônio resolve deixá-lo em paz, e só assim eu vou poder dormir.

Orelha-de-pau falou devagar:
– É uma dúvida sobre roubo. – Fez uma pausa, começou a falar, parou de novo. Finalmente, perguntou: – É roubo tirar de outra pessoa algo que não se pode segurar nas mãos?
– Ah! Não é uma simples dúvida, é uma charada. Qual é esta coisa que não pode ser segurada?

– Uma ideia. Um modo de fazer algo.
– Um modo melhor do que as pessoas costumam usar.
– Sim. Um método novo, que poderia resultar em grande honra.

O Homem-garça deitou-se novamente. Permaneceu em silêncio por tanto tempo que Orelha-de-pau achou que adormecera. O menino suspirou e deitou-se. O pensamento começou a divagar e martelar-lhe a cabeça.

O trabalho de Min era muito superior ao de Kang. Todos em Ch'ulp'o sabiam disso, e Orelha-de-pau constatara esse fato. As peças de Kang eram bem-feitas, tinham uma forma graciosa e esmalte de cor bonita. Mas lhe faltava paciência.

A técnica da queima – a última etapa do processo que determinava a cor do celadon – não era dominada por ninguém. Por mais que tentassem, os ceramistas nunca conseguiam fazer a madeira no forno queimar da mesma forma duas vezes. A duração da queima, a posição do vaso no forno, o número de peças queimadas na mesma leva, até mesmo a direção do vento na ocasião – mil fatores poderiam afetar a cor final do esmalte.

Por isso, quando Min fazia uma peça especial, preparava não apenas uma, mas várias; às vezes, até mesmo dez. Idênticas quando entravam no forno, sairiam com cores ligeiramente diferentes. Se tudo corresse bem, uma ou duas teriam o tom desejado, verde translúcido e brilhante. Outras seriam mais escuras ou teriam o esmalte menos transparente. O pior de tudo era que algumas das peças apresentavam manchas marrons aqui e ali, ou até mesmo um tom castanho em toda a superfície, capaz de estragar a pureza do esmalte. Ninguém sabia por que isso acontecia, por isso produzir várias peças idênticas era a melhor garantia de que pelo menos uma apresentaria um verde celadon perfeito depois da queima.

Além de trabalhar lentamente, Min fazia mais réplicas do que qualquer outro ceramista. As peças de Kang não exibiam a mesma atenção ao detalhe que as de Min. Tampouco tinham como característica a mesma cautela na queima. Os olhos destreinados poderiam não ver muitas diferenças entre o trabalho dos dois homens – mas, em Ch'ulp'o, todos os olhos eram treinados.

Orelha-de-pau estava certo de que os olhos do emissário seriam igualmente experientes. O palácio mandaria apenas um perito – um verdadeiro especialista – para comandar a missão de mandar fazer cerâmicas. Esta ideia de Kang, o uso de engobo vermelho e branco... será que sua novidade e beleza acarretariam uma encomenda? Se fosse assim mesmo, Orelha-de-pau tinha certeza de que Min usaria o processo com resultados melhores.

Mas Min não sabia a respeito do novo método. E aí residia o demônio da dúvida: se Orelha-de-pau contasse a Min o que vira, isto seria roubar a ideia de Kang?

A voz do Homem-garça sobressaltou o menino.

– Se um homem mantém uma ideia em segredo, e esta ideia é tomada de modo furtivo ou desonesto, eu diria que é roubo. Mas, quando um homem revela essa ideia a outros, já não é só dele. Pertence ao mundo.

Orelha-de-pau não respondeu. Permaneceu encolhido, deitado de lado, ouvindo a respiração do amigo, que se tornou lenta e regular no ritmo do sono.

Uma imagem flutuou da escuridão para dentro da mente de Orelha-de-pau: a imagem de si mesmo no ato de espiar pelo furo na parede do barracão de Kang.

Furtivo.

Não poderia ainda contar a Min sobre a ideia de Kang.

As atividades de Orelha-de-pau nos dias que se seguiram não foram diferentes das que fazia havia meses. Min e os outros ceramistas continuavam a tornear potes, gravar desenhos, esmaltar e queimar, rejeitar algumas peças e conservar outras. Mas as coisas tinham um sabor diferente para o menino – havia pequenas mudanças aqui e ali.

Min não mais cantava ao trabalhar no torno. A esposa, geralmente invisível ao se ocupar das tarefas domésticas, saía da casa com mais frequência, às vezes para observar o marido por uns instantes, outras vezes para dar-lhe uma xícara de chá ou um bolinho de arroz, porque agora ele não parava para o almoço. No forno, os ceramistas já não contavam piadas nem fumavam sem pressa. Ao contrário, andavam de um lado para o outro, mergulhados em um silêncio aflitivo.

Todos se ocupavam das tarefas com o rosto mais tenso, como se a notícia da visita iminente do emissário retesasse as cordas que faziam movimentar a vida da aldeia.

Por um acordo tácito, certa manhã Orelha-de-pau se juntou aos outros ajudantes de ceramistas numa área entre a praia e a aldeia, que era utilizada como um mercado ao ar livre. Recolheram o lixo, varreram o lugar e, com tábuas, improvisaram barracas para exibir as peças de seus mestres. Orelha-de-pau dirigia olhares furtivos aos companheiros; muitos armavam barracas com doze tábuas ou mais. Para Min, apenas duas seriam necessárias. Como costumava acontecer, teria, sem dúvida, o menor número de peças para exibir.

As instruções de Min foram explícitas. Orelha-de-pau teria que armar a barraca de modo que Min ficasse com as costas viradas para o mar e as peças fossem expostas diante dele. Assim, o emissário estaria de frente para o mar quando examinasse o trabalho de Min. Embora o ceramista não explicasse, o menino sabia por quê. De frente para o mar, o emissário veria como os vasos de Min capturavam os matizes delicados de verde, azul e cinza das ondas.

O barco aportou ao pôr do sol. O emissário e sua comitiva passaram a noite na casa do funcionário do governo local. Orelha-de-pau adivinhou que, se os membros da comitiva real dormiram naquela noite, foram os únicos em Ch'ulp'o a fazê-lo. Muito tempo antes do nascer do sol, a área do mercado foi iluminada por dúzias de lanternas, enquanto os ceramistas e os ajudantes corriam de um lado para o outro, em um silêncio ansioso e soturno, e preparavam as barracas para a exposição das cerâmicas.

Orelha-de-pau empurrou o carrinho estrada abaixo – um passo de cada vez, ou assim lhe parecia. O ceramista caminhava ao seu lado e fazia uma torrente de advertências e críticas.

– Olhe aquela pedra, à esquerda! Nivele o carrinho, garoto estúpido! Por ali – a estrada é mais plana ali. O que há com você? Não pode parar de dar solavancos nem por um segundo? Vai destruir meu trabalho, seu cabeça-dura!

Os vasos de Min estavam enrolados em várias camadas apertadas de palha de arroz. Orelha-de-pau pensou, com mau humor, que as peças não sofreriam nenhum dano, mesmo que corresse a toda velocidade. Para consolo, como o mestre produzira poucas peças, uma só viagem seria suficiente.

Finalmente chegaram à barraca improvisada. Min não permitiu que o menino descarregasse o carrinho ou desembrulhasse os vasos. Em vez disso, mandou que recolhesse todos os pedaços de palha do chão.

Min arrumou suas peças com grande cuidado. Na mais alta das duas prateleiras, colocou as menores: o conta-gotas em forma de pato e outro em forma de um botão de lótus. De cada lado dessas peças, colocou três porta-incensos cujas bases eram enfeitadas com animais que quase pareciam vivos em cada detalhe – um leão rugindo, um dragão feroz e uma tartaruga sábia. Entre os conta-gotas, no centro, colocou um novo conjunto de caixas aninhadas, com um entalhe floral esplêndido.

Orelha-de-pau aprendera o segredo do mistério das caixas: Min usava placas finas de argila para construir as caixinhas interiores primeiro e depois uma outra maior para contê-las.

Nas prateleiras mais baixas, Min colocou dois vasos prunus, uma jarra canelada como um melão e um cântaro para água que fazia conjunto com uma tigela. A última peça era a preferida de Orelha-de-pau. A tigela era coberta de pétalas moldadas e sobrepostas, que continham um segredo.

Orelha-de-pau observara o mestre fazer dúzias dessas pétalas e, depois de algum tempo, levara uma pequena bola de argila para casa, na bolsa de cintura, para praticar. Depois de muitas noites de trabalho, produzira uma pétala que considerava tão boa quanto uma feita por Min.

Agora, ao olhar a tigela, a vergonha e o orgulho travavam uma batalha em seu espírito. Levara a pétala no dia seguinte e, em segredo, colocara-a no lugar de uma das que secavam na prateleira de Min. A troca não fora descoberta. A maneira furtiva com que agira o envergonhava, mas não o suficiente para superar o orgulho que sentia ao saber que uma das muitas pétalas na tigela era obra dele. E o melhor de tudo era que, embora examinasse a peça com muito cuidado uma dúzia de vezes, não conseguia distinguir qual era.

Min estava de pé diante das prateleiras que exibiam suas obras. Balançava a cabeça e fazia ruídos com a boca, insatisfeito. Resmungava que o esmalte de uma peça não estava tão bom quanto poderia estar, que deveria ter feito mais um pato. Ah, tudo estava bem, mas se tivesse tido mais tempo...

Quando Orelha-de-pau olhou por sobre as prateleiras, teve uma ideia. Curvou-se para Min e pediu-lhe licença para se ausentar por alguns instantes. O ceramista acenou que sim e parecia mal tê-lo ouvido. Orelha-de-pau foi, em corrida desabalada, da aldeia até os arbustos atrás da casa de Min. Encontrou o que precisava e correu de volta, não tão rápido desta vez, como que para proteger o que carregava.

Sem fôlego, chegou de volta ao mercado.

– Mestre – falou, arfando, e estendeu a mão com a sua oferta: dois ramos de ameixeira floridos. Orelha-de-pau achou que Min pareceu contente por uma fração de segundo. A habitual expressão contrariada retornou quando pegou os ramos.

– Hum. Sim. Seria bom mostrar os vasos como devem ser usados. – Min examinou os galhos e deu um de volta para o menino.

– Este ramo tem muito poucas flores. Por que não trouxe mais? – E virou-se de costas para Orelha-de-pau, para arrumar o outro ramo no vaso à esquerda.

Orelha-de-pau sorriu. Conhecia seu mestre muito bem agora e sabia que aquela reação quase significava um elogio do velho ceramista a seu trabalho.

Havia ainda uma tarefa para Orelha-de-pau antes que o emissário chegasse, e não era uma tarefa mandada por Min. Agora que a exposição de Min estava pronta, Orelha-de-pau procurou a barraca de Kang.

Todos os ceramistas estavam ocupados, mas um pequeno grupo encontrara tempo para visitar a barraca de Kang. Mesmo a distância, Orelha-de-pau podia sentir o interesse reprimido das pessoas, embora ninguém dissesse mais do que uma ou duas palavras. Orelha-de-pau se aproximou como se apenas passasse pelo local, mas sua pele formigava de curiosidade.

Um homem afastou-se, abrindo um espaço diante da barraca; e Orelha-de-pau os viu.

Crisântemos.

Dúzias de crisântemos. Em todas as peças – florescendo em cálices de vinho e jarras e vasos e tigelas – as flores simples de oito pétalas fascinavam e enfeitiçavam quem as olhasse. As pequenas imperfeições das peças de Kang desapareciam na luz que parecia emanar das flores de um branco puro.

Orelha-de-pau aproximou-se. Viu que algumas das peças tinham caules e folhas também. Mas já não eram cor de tijolo. Durante a queima, o engobo vermelho tornara-se negro. O contraste entre o branco e o preto contra o verde jade era, sem dúvida, novo, diferente, extraordinário.

E lindo. À medida que Orelha-de-pau se afastava, fingindo desinteresse, como os outros ceramistas, seu coração despencava num poço sem fundo. A técnica era tão admirável que o emissário certamente escolheria Kang para fazer uma encomenda – Orelha-de-pau estava certo disso.

O emissário Kim era um homem alto e sério que não demonstrava nenhuma emoção à medida que percorria as barracas e examinava o trabalho de todos os ceramistas. Em algumas, demorava-se um pouco. Cada segundo dispensado a uma peça representava um ligeiro fortalecimento na esperança de cada um dos artesãos.

O emissário permaneceu mais tempo na barraca de Kang, e os outros ceramistas já não conseguiram conservar a máscara de indiferença. Rodearam o local, a uma distância respeitosa, enquanto o emissário falava com o ceramista.

Trabalho de incrustação, Kang explicou. A mesma técnica utilizada para aplicar bronze em madeira ou madrepérola em peças laqueadas. Kim assentiu com a cabeça e todos os integrantes da pequena plateia que se formara repetiram o gesto. O trabalho de incrustação era bastante comum em outras artes, mas ninguém naquelas paragens vira a técnica ser usada com cerâmica.

Kang não forneceu outros detalhes, nem o emissário pediu que o fizesse. Apenas examinou as peças de Kang minuciosamente durante um longo tempo. Orelha-de-pau sentiu um fio de esperança quando viu que Kim prestava atenção não só aos crisântemos mas também a todos os detalhes das obras. Por fim, recolocou na prateleira o vaso que segurava e, ainda sem expressão no rosto, dirigiu-se para a barraca seguinte.

Orelha-de-pau tinha a sensação de que ele jamais chegaria à barraca de Min – entretanto, quando chegou, parecia cedo demais.

Kim imediatamente pegou a jarra em forma de melão e a examinou com grande interesse. Pela primeira vez, as linhas do seu rosto sofreram uma mudança – seria satisfação? Orelha-de-pau não conseguiu descobrir.

– Seria este o ceramista que fez o jarro de vinho usado no jantar de ontem à noite? – O emissário dirigiu-se a Yee, o funcionário do governo local em cuja casa estava hospedado. Yee, um dos muitos homens que acompanhavam Kim na inspeção dos trabalhos dos ceramistas, assentiu em resposta.

– A forma de melão é bastante comum hoje em dia. Eu a vejo muito – Kim afirmou. Orelha-de-pau mal podia respirar. Isto significava que o homem não gostava da peça?

– Ainda assim, este trabalho é inconfundível – continuou o emissário. – Sabia que esta jarra não poderia ter sido feita por outro homem senão aquele que fez o jarro de vinho. – E, de repente, a expressão no rosto do homem pareceu satisfeita.

Min curvou-se em reconhecimento ao elogio, e Orelha-de-pau ficou surpreso com a calma do mestre. Ele mesmo teve que conter a alegria que se avolumava em seu peito, para não começar a pular e gritar. Kim demorou-se ao examinar as obras de Min e, finalmente, dirigiu-se à barraca seguinte.

Apesar da evidente admiração do emissário, Orelha-de-pau sabia que não haveria uma decisão naquele dia. Kim passaria mais alguns dias em Ch'ulp'o e visitaria os ceramistas cujo trabalho mais o tivesse interessado. Talvez fizesse uma visita ao forno comunitário e, em seguida, partiria para Kangjin. Só depois de visitar ambas as aldeias decidiria quais ceramistas receberiam encomendas. As escolhas eram anunciadas no mês seguinte, na sua viagem de volta.

Depois da partida do emissário, a aldeia de Ch'ulp'o lembrava um território dividido. Os ceramistas cujos trabalhos despertaram atenção especial, inclusive Min e Kang, começaram a trabalhar febrilmente no esforço de fazer pelo menos uma peça que pudesse influenciar uma decisão favorável a eles, quando Kim voltasse. Os outros artesãos, quase todos ao mesmo tempo, caíram no desânimo; praticamente abandonaram o trabalho e preferiam passar horas longas e soturnas na adega, onde se compadeciam uns dos outros.

Pois sabiam bem que as encomendas reais eram feitas a intervalos aparentemente aleatórios. Os ceramistas escolhidos trabalhavam enquanto sua arte continuava a agradar a corte; para muitos, os pedidos de encomendas durariam toda a vida. Só quando um ceramista morria ou as obras já não eram apreciadas, uma nova escolha era feita. E a corte, muitas vezes, esperava pela morte de dois ou três ceramistas antes de procurar por substitutos. Poderiam passar anos antes que houvesse outra oportunidade assim.

Capítulo 7

Min estava bem mais irritado do que de costume depois da visita do emissário. Em vez de ordens ríspidas e lacônicas, dava longos sermões em Orelha-de-pau por qualquer motivo. Depois, caía num silêncio taciturno que durava até a sessão de gritos seguinte.

Orelha-de-pau trabalhava mais do que nunca, tenso e ansioso. Min fazia vasos no feitio de melão que tanto agradara ao emissário. Parecia ao menino que o ceramista jamais rejeitara tantas peças depois de torneadas. Ao longo do dia, ouvia-o praguejar e, insatisfeito, arremessar a argila no torno várias vezes.

Finalmente, depois de dois dias de maus-tratos, Min fez a pergunta que Orelha-de-pau esperava.

– Então – Min disse, rabugento –, você vai me contar ou vou ter que adivinhar?

Min fora o único ceramista que não se dirigira à banca de Kang naquele dia. Sincera ou fingida, sua concentração no próprio trabalho não diminuíra em nenhum momento, mas Orelha-de-pau sabia que Min não poderia ter deixado de notar a aglomeração e a atmosfera agitada e cheia de interesse em volta da barraca de Kang.

– Trabalho de incrustação – foi a resposta imediata de Orelha-de-pau. As palavras do Homem-garça ecoavam-lhe na mente. *A ideia pertence ao mundo agora.* Continuou: – Engobo branco e vermelho que muda de cor para branco e preto depois de queimado. Crisântemos.

Min não respondeu, portanto Orelha-de-pau acrescentou:
– Crisântemos feios.

Pela primeira vez na vida, ou assim pareceu a Orelha-de-pau, o ceramista jogou a cabeça para trás e deu uma grande gargalhada.

– Ha! – Min cuspiu, engasgou, pigarreou. Olhou para o menino com olhos que beiravam o afeto. – Crisântemos feios, você diz? Claro! O que mais aquele ceramista de meia-tigela poderia fazer? – De repente, bateu palmas e falou bruscamente: – Então, vá! Engobo branco e vermelho, drenado, como se fosse para esmalte.

Orelha-de-pau ficou de pé num salto. Por um triz, não teria dado tempo de ouvir o final da frase de Min. Em questão de segundos, já disparava estrada abaixo empurrando o carrinho, que balançava quase desgovernado.

Dias antes, o menino fizera um levantamento dos melhores pontos na margem do rio para obter argila colorida, por isso, ao chegar lá, não teve dúvidas. Logo encontrou o melhor lugar. Escavou e carregou o carrinho e, por causa do ritmo do trabalho, teve de controlar o entusiasmo. A pá jamais fora tão leve quanto naquele dia.

Nos dias que se seguiram, Min esboçou centenas de desenhos. Sua mulher o ajudou marcando várias vezes com carvão a forma básica do melão em pedaços de madeira. Min acrescentava suas ideias para o desenho da incrustação, rejeitava-as com raiva e entregava a madeira de volta para que a mulher a limpasse e reutilizasse.

Neste meio tempo, Orelha-de-pau mantinha-se ocupado drenando a argila duas vezes, três vezes, quatro – e, na quinta vez que drenava a argila branca, algo aconteceu.

Orelha-de-pau esfregava o sedimento entre os dedos, como sempre fazia. Subitamente, uma sensação estranha fez as pontas dos dedos vibrarem. Por algum motivo, lembrou de uma vez em que estivera na encosta da montanha, descansando depois de haver cortado lenha. Fitava a vegetação da floresta quando um cervo invadiu-lhe o campo de visão com toda a nitidez. O animal estivera lá o tempo inteiro e o menino olhava diretamente para ele. Mas só naquele instante realmente *enxergara* o cervo.

O mesmo acontecia agora. A única diferença era que, em vez de enxergar com os olhos, sentia com as mãos. A argila parecia boa – fina, lisa, maleável –, *mas ainda não estava pronta.*

Orelha-de-pau permaneceu imóvel, completamente paralisado; somente as pontas dos dedos na argila se moviam. Por que chegara à conclusão de que a argila não estava pronta? Sua mente não conseguia encontrar as palavras certas. A argila já, havia muito, perdera qualquer resquício de aspereza mas, de alguma forma, sabia que ela não estava pronta. *Mais uma drenagem – talvez duas...* Era o mesmo que ver subitamente o cervo – uma visão clara e nítida emergindo de um sonho enevoado.

E, quando decidiu drenar a argila mais uma vez, foi como se despertasse daquele sonho – um sonho no qual as palavras para descrever exatamente o seu conhecimento sobre a argila ficariam em segredo para sempre.

Quando finalmente selecionou um desenho, Min começou a gravá-lo na argila. Esta era a parte mais minuciosa de sua arte e não gostava que ninguém o observasse. Enquanto varria o quintal e trazia e levava argila para o local de drenagem, o menino conseguiu, várias vezes, ver de relance o desenho ganhar forma nas mãos do artesão. Sempre era assim quando Min fazia um entalhe. Agora que Orelha-de-pau conhecia bem todos os aspectos do trabalho de Min, adorava acompanhar a fase dedicada ao entalhe. O prazer que o invadia nesses momentos superava o que costumava sentir ao observar os vasos tomando forma no torno.

Min usava ferramentas afiadas com pontas de vários tamanhos. Primeiro, o contorno do desenho era riscado bem de leve na argila em ponto de couro, com a ponta mais fina. A seguir, Min entalhava o desenho aos poucos.

A técnica de Min diferia da empregada por outros ceramistas, que traçavam o desenho inteiro de uma só vez. Ele, às vezes, não era absolutamente fiel ao esboço. Assim, sua obra parecia fluir com mais liberdade, tanto no processo de confecção quanto no resultado final.

O esmalte se acumulava nos sulcos do desenho, tornando-se de uma coloração um pouco mais escura do que o resto da superfície. Quando a peça era queimada, a estampa era tão sutil que se tornava quase invisível em alguns tipos de luz. O trabalho de entalhe de Min tinha como objetivo fornecer uma segunda camada de interesse, um outro prazer para os olhos, sem tirar o valor, em nenhum momento, da graciosidade da forma e da maravilha da cor, que eram as maiores responsáveis pela beleza da peça.

Min estava entalhando flores de lótus e peônias entre as linhas de um dos vasos-melão. No final de cada dia, Orelha-de-pau sempre tentava verificar as prateleiras de Min para ver em que ponto estava o trabalho. Como agora Min tentava fazer uma incrustação, em vez de um entalhe simples, alguns dos espaços para pétalas e folhas foram escavados para se tornarem côncavos. Orelha-de--pau já podia ver como o trabalho de Min era mais refinado e minucioso do que o de Kang. As flores possuíam muito mais pétalas, cada uma com um feitio harmonioso; os caules e folhas se entrelaçavam e expandiam como se estivessem vivos.

Orelha-de-pau estava exultante com o trabalho do mestre, mas permaneceu em silêncio. Mal podia esperar até que as peças fossem queimadas. Com certeza, o emissário veria que Min tanto honrava a tradição quanto saudava o novo e, portanto, merecia uma encomenda.

Min decidiu visitar o local da drenagem, após alguns dias, para verificar o trabalho de Orelha-de-pau. Como apenas pequenas quantidades eram necessárias, Orelha--de-pau trabalhava com o engobo vermelho e branco em tigelas, em vez de colocá-lo em covas. Min fechou os olhos ao tocar o conteúdo de uma das tigelas. Depois de um breve instante, abriu os olhos e fungou. – Você já fez o suficiente – disse, sumariamente. Caminhou de volta para casa carregando ambas as tigelas.

Enquanto o ceramista se afastava, Orelha-de-pau comprimiu os lábios para não abri-los num sorriso escancarado. Era a primeira vez que preparava a argila com uma textura tão fina sem que Min tivesse que orientá-lo.

Min fez cinco réplicas do vaso em feitio de melão. O trabalho de entalhar o desenho e depois preencher cada parte com engobo colorido levava horas intermináveis, por isso Orelha-de-pau permanecia na casa até muito depois do pôr do sol para ajudar Min da melhor maneira possível. Depois que o vaso era entalhado e incrustado, Min removia cada pedacinho de engobo em excesso. Finalmente, os vasos eram mergulhados no esmalte. Orelha-de-pau nunca tomara tanto cuidado com a drenagem, e o próprio Min fez as últimas drenagens e misturou o esmalte.

Min era como um homem possuído por um demônio. Comia pouco, dormia menos e, quer trabalhasse de dia, quer à luz da lanterna, seus olhos pareciam cintilar com ferocidade. Orelha-de-pau sentia que, na área embaixo do beiral, que lhe servia de oficina, os sussurros e silvos provocados pela ansiedade impregnavam de vida o ar que ali se respirava: o emissário logo estaria de volta.

Por fim, chegou o dia de levar os vasos para serem queimados no forno. Cada vaso foi colocado com grande cuidado em três conchas arrumadas em forma de triângulo sobre as prateleiras de barro, perto do meio do forno, que, segundo Min, era o melhor lugar para a queima. Depois, a lenha foi arrumada em uma pilha de muitas camadas de pedaços de madeira entrecruzados. Alguns gravetos e agulhas de pinho foram acesos com a fagulha de uma pederneira e, quando o fogo começou a arder com intensidade, a porta do forno foi selada.

O calor do forno era extremamente difícil de controlar. O forno tinha que se aquecer devagar – se houvesse um aumento de temperatura muito rápido no começo, os vasos rachariam. O processo de aquecimento levava um dia inteiro. A partir do segundo dia, mais madeira era adicionada aos poucos através de aberturas na parede do forno. No terceiro ou quarto dia, quando o ceramista tinha a esperança de que a temperatura ideal tivesse sido atingida, as aberturas eram seladas com tampões de argila. O fogo ardia então com toda a força até que consumia todo o ar dentro do forno e começava a se apagar. E dois ou três dias eram necessários para o forno esfriar. Min preferia queimar as réplicas em pelo menos duas fornadas diferentes, sempre que possível. Mas, com a volta do emissário tão próxima, havia tempo para somente uma queima.

Min sempre ficava perto do forno durante os estágios cruciais do aquecimento e acréscimo de mais combustível, mas geralmente voltava para casa quando as aberturas eram seladas. Desta vez, no entanto, permaneceu no local durante todo o período da queima. Acomodou-se sobre braçadas de palha que Orelha-de-pau havia colocado na encosta para que o velho pudesse descansar. Em sua fisionomia, as olheiras revelavam a exaustão. Suas ordens eram ríspidas como de costume, mas dadas em voz baixa.

Orelha-de-pau mal podia acreditar; quase preferia os gritos de Min. O silêncio era inquietante. O menino trazia comida da casa, mas Min quase não a tocava. Mandava o aprendiz várias vezes do forno para a casa e vice-versa para cumprir pequenas tarefas. No final de cada dia, Orelha-de-pau se afastava nas pontas dos pés, como se qualquer ruído pudesse perturbar a concentração de Min e, de alguma forma, danificar a queima.

Orelha-de-pau nunca soube se eram seus passos que acordavam o Homem-garça, ou se o amigo simplesmente não dormia enquanto ele não chegava em casa. Mas, não importava a hora, o Homem-garça nunca deixava de cumprimentá-lo quando chegava debaixo da ponte. Nem sua voz parecia pesada de sono.

Depois das longas horas de trabalho para Min, não havia tempo nem luz para os amigos saírem e fazerem caminhadas ou outras atividades. Em vez disso, o Homem-garça começara a contar histórias. Contara histórias folclóricas – de burros tolos e tigres valentes – quando Orelha-de-pau era pequeno. Mas isso acontecera anos atrás, e o menino gostava da oportunidade de ouvir os velhos contos novamente. Havia histórias novas também, sagas sobre os heróis e heroínas da Coreia. As histórias eram uma distração muito necessária. Depois de ouvir a voz do Homem-garça por algum tempo, Orelha--de-pau conseguia relaxar e cair em um sono despovoado de sonhos.

No último dia, Min mandou Orelha-de-pau passar a tarde na casa e arrumar o quintal. Deveria voltar ao local do forno depois do pôr do sol. As peças seriam removidas do forno no escuro, para que ninguém pudesse vê-las.

Uma lua crescente envolta em brumas alcançara o ápice de sua trajetória quando Orelha-de-pau terminou de varrer as cinzas na entrada do forno. Segurando uma lanterna, ficou ao lado do forno enquanto Min entrou, engatinhando. O ceramista usou um par de pinças para carregar os vasos, ainda quentes, um a um, e ajeitou-os com cuidado no carrinho, onde Orelha-de-pau colocara uma camada de palha. O luar não era suficiente para Orelha-de-pau ver com clareza, mas, quando o último vaso foi removido, engatinhou dentro do forno para pegar a lanterna.

A chama na pequena lanterna era incerta e traiçoeira; era difícil examinar os vasos em detalhe. O trabalho de incrustação se destacava mesmo naquela luz enganadora. Mas Min suspirou e balançou a cabeça. Teriam que esperar até a manhã para ver os resultados.

Juntos, colocaram mais palha entre os vasos. Depois, Min segurou a lanterna enquanto Orelha-de-pau empurrava o carrinho, com cautela, de volta para a casa. O silêncio da noite só foi quebrado pelo coaxar repetitivo dos sapos e, uma vez, pelo grito melancólico de um pássaro noturno.

– Está atrasado hoje, meu amigo – o Homem-garça gritou, acendendo a lanterna quando Orelha-de-pau deslizou pelo barranco na margem do rio.

– Estava descarregando o forno – o menino respondeu.

– Desculpe fazer você esperar tanto pela ceia.

O Homem-garça balançou a muleta como se dispensasse o pedido de desculpas. – Ando comendo demais ultimamente. Gordo e preguiçoso, foi isso que me tornei – brincou.

Orelha-de-pau deveria ter caído na cama, morto de cansaço, mas estava tenso demais para se deitar. Em vez disso, sentou-se e observou o amigo comer. Enquanto a luz iluminava parcamente o vão formado pela ponte acima de sua cabeça e o barranco na margem do rio, o menino teve a sensação de que via claramente as coisas que sempre estiveram lá. Como o cervo com seus olhos ou a argila com suas mãos...

Algumas panelas e tigelas estavam empilhadas em uma pequena prateleira formada de pedras. Os pauzinhos, uma única colher e a faca do Homem-garça faziam uma fileira bem-arrumada. A esteira de dormir de Orelha-de-pau estava enrolada em um canto. Havia duas cestas, feitas pelo Homem-garça. Uma continha alguns cogumelos silvestres; a outra, bugigangas que poderiam ser úteis algum dia: trapos, barbante, pederneiras. Aqueles objetos eram completamente familiares para Orelha-de-pau. Já o Homem-garça vivera sob a ponte tanto tempo que tudo deveria ter se tornado invisível para ele agora.

Orelha-de-pau falou quase sem pensar:

– Homem-garça, por que você não foi para o templo quando perdeu a família e a casa?

Aqueles que não tinham para onde ir sempre iam para o templo. Os monges os acolhiam, os alimentavam e lhes davam trabalho para fazer. Muitos deles se tornavam monges também. Esse seria o caminho a ser seguido por alguém que encontrara tanta infelicidade quanto o Homem-garça. Orelha-de-pau perguntou-se por que nunca havia tocado naquele assunto com o amigo.

Por alguns instantes, o Homem-garça pareceu um pouco aborrecido; depois seus lábios se distenderam em um sorriso tímido. – Ora… Há uma razão, mas é muito tola e ficaria mais tola ainda se eu contasse.

Orelha-de-pau não retrucou.

O Homem-garça disse por fim:

– É uma tolice pior fazer algo tolo e não conseguir rir da tolice mais tarde! Está bem, a culpada foi uma raposa, então. Foi uma raposa que me impediu de ir ao templo.
– Uma raposa?
As raposas eram animais temidos. Não eram grandes nem ferozes, como os ursos e os tigres que andavam pelas montanhas, mas tinham a fama de serem diabolicamente inteligentes. Algumas pessoas até acreditavam que possuíam poderes mágicos e maléficos. Diziam que a raposa tinha a capacidade de atrair um homem para sua destruição, enganando-o para entrar no seu covil e dando-o de comida a seus filhotes.
A simples referência ao animal provocava no menino um arrepio de medo, que lhe percorria toda a espinha.
– A casa foi vendida – o Homem-garça continuou. – Recolhi minhas poucas coisas e me aprontei para ir ao templo. Era um dia bonito, eu me lembro, e caminhei bem devagar, subindo a encosta.
"Ao entardecer, ainda tinha uma boa distância a percorrer. De repente, uma raposa apareceu na minha frente. Parou ali, bem no meio da trilha, sorrindo com todos os dentes brilhantes e brancos, lambendo os lábios, os olhos cintilando, a cauda larga balançando devagar, para lá e para cá, para lá e para cá..."
– Já basta! – Os olhos de Orelha-de-pau estavam escancarados de horror. – O que aconteceu?
O Homem-garça pegou a última porção de arroz com os pauzinhos e atirou-a na boca. – Nada – disse.

— Cheguei à conclusão de que as raposas não são tão espertas quanto achamos. Lá estava eu, tão perto de uma raposa a ponto de poder tocá-la, e com uma perna ruim, além disso, e aqui estou eu hoje.

"Mas naquela noite, é claro, não consegui continuar minha viagem. Desci a montanha outra vez, olhando por cima do ombro quase o tempo todo. A raposa não me seguiu; na realidade, desapareceu tão rapidamente quanto surgiu. Naquela noite fiquei debaixo da ponte mas, pode estar certo, não consegui dormir."

"Muitos dias se passaram antes que eu pudesse pensar em retomar minha viagem e, então, isto — o Homem-garça apontou com os pauzinhos para o pequeno espaço embaixo da ponte — começou a parecer um lar. Os dias tornaram-se meses, e os meses transformaram-se em anos. Aí você chegou." — O Homem-garça sorriu, ao terminar a história. — Entre a raposa e você, eu estava destinado a nunca me tornar monge!

Orelha-de-pau desenrolou a esteira e deitou-se. Mas, alguns momentos mais tarde, ajoelhou-se e perscrutou a escuridão além da ponte. Aqueles dois olhos cintilantes, o que eram? Apenas o reflexo de estrelas no rio?

Como sempre, o Homem-garça parecia saber o que o menino fazia, mesmo no escuro. — Vá dormir! — ordenou, num tom de voz parecido com o de Min. — O que está querendo? Está tentando me fazer mais tolo do que já sou por enfiar tolices em sua cabeça?

Orelha-de-pau balançou a cabeça, sorrindo, e finalmente se acomodou.

Para a surpresa do menino, a mulher de Min esperava por ele na estrada na frente da casa na manhã seguinte. Do lado dela, estavam o carrinho e a pá. Embora o rosto estivesse plácido e bondoso como sempre, Orelha-de-pau viu em seu semblante uma grande preocupação que mesmo o sorriso gentil de boas-vindas não conseguiu esconder.

– Mais argila, Orelha-de-pau – disse em voz baixa. – Comum e colorida.

Orelha-de-pau curvou-se e a mulher voltou para casa. O menino deu alguns passos ligeiros pela estrada até ter certeza de que ela já entrara. Depois, deixou o carrinho ao lado da estrada e aproximou-se silenciosamente da casa pela lateral.

Orelha-de-pau sentiu o sangue gelar nas veias ao deparar com a cena terrível que tinha diante de seus olhos. O quintal estava coberto de pedaços de cerâmica – centenas deles, pensou.

Soube de imediato o que acontecera – o rosto da mulher de Min era expressivo. Não estava nem zangada nem assustada; em vez disso, parecia profunda e silenciosamente triste. Só poderia significar uma coisa: Min estilhaçara os vasos ele mesmo.

Orelha-de-pau contou nos dedos: cinco pilhas de fragmentos, todos dos vasos do feitio de melão. Um deles fora arremessado tão longe que seus fragmentos estavam a poucos passos do lugar onde Orelha-de-pau espiava, protegido por uma das paredes da casa. Deu uma olhadela em volta, entrou no quintal nas pontas dos pés e recolheu alguns dos fragmentos maiores. Enfiou-os apressadamente na bolsa de cintura e disparou na direção do carrinho.

Na margem do rio, Orelha-de-pau pousou o carrinho no chão e retirou os fragmentos de cerâmica da bolsa. O trabalho de incrustação estava perfeito, o desenho floral elaborado e gracioso, mesmo nos pedaços incompletos que segurava. Mas o esmalte... Orelha-de-pau franziu a testa e apertou os olhos.

A tão temida coloração acastanhada estava presente no esmalte de cada pedaço; algumas partes estavam danificadas com manchas marrons também. Eram fragmentos do mesmo vaso, mas a destruição de todos os cinco significava que apresentavam o mesmo defeito. O próprio Min se encarregara de misturar o esmalte, então o erro só poderia ter ocorrido na queima – a parte do trabalho sobre a qual nem Min tinha controle completo.

Orelha-de-pau segurou os fragmentos com firmeza. Gritou ao lançá-los no rio, sem notar que cortara a palma da mão.

Não havia tempo a perder. O barco do emissário chegaria ao porto a qualquer momento.

Capítulo 8

Min começou a trabalhar em outro conjunto de vasos incrustados. Mas, antes que o processo de tornear estivesse completo, o navio do emissário atracou. O emissário Kim enviou um mensageiro para perguntar se algum dos ceramistas tinha algo novo para mostrar. Min mandou o mensageiro embora com um gesto, sem dizer palavra.

Na manhã seguinte, a notícia correu pela cidade como uma brisa repentina vinda do mar: o emissário visitara a casa de Kang. Kang fora escolhido para uma encomenda.

Mais tarde naquela manhã, Orelha-de-pau varreu os cacos dos vasos destruídos no quintal de Min. A situação era como imaginara: todos os pedaços apresentavam traços de esmalte marrom turvo. Orelha-de-pau sentiu a decepção entorpecer-lhe os sentidos; podia bem imaginar o abatimento do mestre.

Como o ceramista ainda não houvesse saído de casa para dar-lhe instruções para o dia, Orelha-de-pau decidiu cuidar da horta. Agachou-se e começou a arrancar algumas ervas daninhas entre as milhares que ameaçavam os pepinos tão preciosos da mulher de Min.

Alguém gritou na frente da casa; Orelha-de-pau reconheceu a voz de Yee, funcionário do governo.

— Mestre Min! O emissário está aqui e quer falar com o senhor.

Orelha-de-pau deixou cair a erva esfiapada que segurava e caminhou em silêncio até a janela lateral da casa. Conseguia ver pouco, mas podia ouvir tudo. Min deu as boas-vindas a Yee, ao emissário Kim e aos homens da comitiva real e convidou-os a entrar em sua casa. Sentaram-se em volta de uma mesa baixa, em silêncio. Orelha-de-pau ouviu o tilintar da cerâmica quando a mulher de Min serviu chá para os visitantes.

O emissário Kim começou a falar:

— Este trabalho de incrustação do seu colega é uma novidade e será de grande interesse na corte.

Houve uma pausa; Orelha-de-pau imaginou Min concordando, com a cabeça, educadamente.

— Falarei sem rodeios, Mestre Min. Outros aspectos do trabalho do ceramista Kang não são, como direi?, do meu agrado. Kang recebeu o que chamarei de encomenda limitada e produzirá peças para a corte durante um ano, para ver se agradam a Sua Majestade.

Após uma hesitação, Kim prosseguiu:

— Preferia ter dado ao senhor a honra de uma encomenda real. Mas seria negligente das minhas responsabilidades se simplesmente ignorasse a nova técnica. Ela deve ser apresentada à corte.

"Logo retornarei a Songdo. Mas, se o senhor produzir algumas peças empregando a nova técnica e as trouxer para mim em Songdo, garanto que as examinarei com toda a minha atenção."

Orelha-de-pau mal conseguia conter a animação. *Os fragmentos!* — queria gritar. *Mostre-lhe as peças na pilha de lixo! Kim é um especialista — entenderá o problema da queima.*

Porém, Min falou:

— O emissário real honra-me com suas palavras e não desejo decepcionar ninguém. Mas estou velho. Não poderia, de modo algum, fazer a viagem até Songdo. Agradeço ao emissário pela consideração e rogo a sua compreensão em relação à minha falha.

Orelha-de-pau ouviu o farfalhar de tecido fino e suntuoso quando Kim levantou-se e dirigiu-se para a porta. O emissário falou mais uma vez:

— É meu desejo que o senhor encontre um modo de fazê-lo. Seria um grande pesar para mim se esta fosse a última vez que eu visse seu primoroso trabalho. — Em seguida, ele e sua comitiva se retiraram.

Orelha-de-pau virou-se, encostou as costas na parede e escorregou, curvando o corpo com a cabeça entre as mãos. *Que velho tolo!* – pensou. – *Não quer que o emissário veja o esmalte imperfeito... O orgulho lhe custa uma encomenda real... O tolo...*

Justamente naquele instante, a mulher de Min apareceu, carregando um cesto de roupas. Orelha-de-pau ficou de pé num salto para ajudá-la. Ela agradeceu, calma como sempre, como se os episódios tumultuados dos últimos dias nunca houvessem acontecido. Cada um ficou de um lado do varal; ele lhe dava as roupas e ela as estendia. A serenidade da mulher e o ritmo da tarefa ajudaram a acalmar os nervos sensíveis de Orelha-de-pau.

Mais uma vez, o menino foi tomado pelo desejo de encontrar um modo de demonstrar gratidão pela sua bondade. *O que ela queria?* – perguntou-se. Ela parecia não ter desejos próprios... ou talvez os seus desejos fossem os do marido.

Subitamente, a resposta ocorreu a Orelha-de-pau, rápida como um relâmpago.

Fazer um favor a Min – um grande favor – era um modo de agradecer-lhe. O sucesso do marido era o que desejava. Antes que pudesse pensar bem sobre o assunto, ouviu da própria boca a frase:

– Tenho um pedido a fazer para a mulher do nobre ceramista.

– Por favor – ela respondeu.

– Eu... eu estou ciente da oferta generosa feita pelo emissário real – confessou, olhando rapidamente para ela. Os olhos da mulher se estreitaram e o rosto assumiu uma expressão divertida. Aquela reação deu ao menino a certeza de que ela não se importava que ele tivesse ficado ouvindo às escondidas.

– Se o mestre concordasse em fazer um vaso que considerasse digno da atenção da corte, seria uma grande honra para mim levá-lo a Songdo.

O rosto da mulher estava parcialmente escondido pelo lençol de linho que estendia; prendeu-o firmemente no varal antes de responder.

– Perguntarei ao mestre, com uma condição – disse.

– Não, duas condições. A primeira é que você volte a Ch'ulp'o rapidamente e com segurança.

Orelha-de-pau curvou-se, confuso. Por que estaria preocupada com sua viagem?

– E a segunda... – fez uma pausa. – A segunda é que, daqui para frente, você me chame de *Ajima*.

Os olhos de Orelha-de-pau encheram-se de lágrimas. Curvou-se para pegar outra peça de roupa. *Ajima* significava algo como "Titia"; era um termo que expressava grande afeto, reservado apenas para parentas mais velhas. Orelha-de-pau não tinha nenhum parente e, ainda assim, a mulher de Min queria que a chamasse de *Ajima*. Nem tinha certeza se conseguiria pronunciar a palavra.

– E então, Orelha-de-pau? – O tom de provocação gentil retornou à sua voz. – Concorda com as minhas condições?

Orelha-de-pau aquiesceu. Falou por detrás das roupas que se agitavam no varal: – Concordo. – Depois sua voz se reduziu a um sussurro. – Concordo... Ajima.

Alguns dias mais tarde, Orelha-de-pau se agachou sob a ponte e, com olhos indolentes, passou a observar o Homem-garça, entretido em desbastar outra lasca do pauzinho que fazia. Sem levantar os olhos, o Homem--garça o instigou:

– Que pena seus pensamentos não estarem pendurados em um fio! Se estivessem, daria um bom puxão agora para ver o que iria se desprender.

Orelha-de-pau ruminou por alguns instantes a provocação do amigo. Deveria saber que seria bobagem esconder-lhe um segredo, mesmo por poucos dias.

– Vou fazer uma viagem daqui a pouco tempo – Orelha-de-pau revelou. Teve a intenção de falar com firmeza, mas sua voz soou alta demais e áspera.

– Uma viagem, hein? – o Homem-garça continuou a desbastar a madeira. – É muito bom um homem poder conhecer o mundo, se puder. Aonde você vai?

Dois dias antes, Min lhe entregara algumas ferramentas para serem limpas, declarando: – Os vasos ficarão prontos no meio do verão. Se partir nessa época, vai conseguir voltar antes da neve. – Foi deste modo que Orelha-de-pau soube que Min o enviaria a Songdo.

Esse momento marcou o começo de um arrependimento. Orelha-de-pau passou a lamentar a precipitação da sua oferta. Jamais saíra de Ch'ulp'o desde sua chegada aos dois ou três anos de idade. Como poderia pensar em fazer tal viagem? Teria que viajar vários dias em montanhas desconhecidas, onde poderia não haver nem mesmo uma trilha, quanto mais uma estrada. Certamente, se perderia. E quem poderia saber que perigos o esperavam? Ladrões, animais selvagens, deslizamento de pedras... O que dera na sua cabeça? Mas o que poderia fazer – dizer a Min que mudara de ideia?

Não. Ir a Songdo parecia impossível, mas não ir era pior ainda.

– Min tem algumas peças que precisam ser transportadas para uma audiência na corte real.

O Homem-garça largou a faca, endireitou o corpo e cruzou os braços. – Uma audiência na corte? Por que a charada, meu amigo? Por que não dizer: "Vou para a capital, para Songdo"?

Orelha-de-pau engoliu em seco. Levantou-se, andou alguns passos até a beira d'água, pegou uma pedra achatada e lançou-a no rio de modo que batesse várias vezes na água. A pedra tocou quatro vezes a superfície. Como era possível que uma pedra pudesse ser tão parecida com um pássaro?

O Homem-garça pôs-se de pé e lançou uma pedra no rio também. Seis toques. Orelha-de-pau encolheu os ombros e um pequeno sorriso estendeu-lhe os lábios. Em todos aqueles anos debaixo da ponte, não derrotara o Homem-garça naquele jogo uma vez sequer. Juntos, observaram a água até que as ondulações provocadas pela pedra tivessem desaparecido por completo.

— Vou a... a Songdo — Orelha-de-pau disse, por fim, como se testasse as palavras. Olhou para o companheiro com olhos de súplica. — Parece longe demais, falando assim.

— Não, meu amigo — o Homem-garça afirmou. — É só até a próxima aldeia. Um dia de viagem, com suas pernas jovens.

Orelha-de-pau franziu a testa, perplexo. Antes que pudesse falar, o Homem-garça continuou. — Sua mente sabe que vai para Songdo. Mas você não deve dizer isto a seu corpo. O corpo deve pensar: uma colina, um vale, um dia de cada vez. Desse modo, seu espírito não se cansará antes mesmo de começar a andar.

"Um dia, uma aldeia. É assim que você vai viajar, meu amigo."

Orelha-de-pau observou o Homem-garça agitar a água um pouco com sua muleta. A seguir, levantou a muleta, que pingava, e apontou-a para o menino.

— Vá já pegar mais palha. Você vai precisar de mais sandálias para a viagem, e quem vai fazê-las senão eu?

Min passou o tempo inteiro fazendo um novo conjunto de vasos, dos quais um ou dois seriam selecionados e levados a Songdo. Nesse meio tempo, o ritmo da vida de Orelha-de-pau ficara bem mais lento. Trabalhara de forma tão frenética por causa da visita do emissário que estava adiantado em todas as suas tarefas. Uma boa quantidade de lenha enchia o barracão nas imediações do forno; bolas de argila e tigelas de engobo estavam à disposição de Min. Orelha-de-pau ficava sem ter o que fazer às vezes, com tempo demais para pensar.

E pensou muito. Finalmente, ganhou coragem para ficar diante de Min e fazer-lhe um pedido.

– O que é, agora? – perguntou Min. Orelha-de-pau se demorou perto da casa no final do dia, esperando que Min levantasse os olhos do torno.

– Mestre. – Orelha-de-pau curvou-se. – Faz mais de um ano que tenho a honra de trabalhar para o senhor.

– Um ano... sim. E daí?

Orelha-de-pau contraiu os músculos do estômago para impedir que tremessem. – Estava pensando... Pensei... se o Mestre poderia fazer o favor... se achar que meu trabalho merece...

Min falou com rispidez: – Faça logo sua pergunta ou me deixe em paz, garoto!

– Se o senhor algum dia me ensinaria a fazer um pote.

– As palavras de Orelha-de-pau saíram-lhe da boca de um só fôlego.

Min sentou-se imóvel por um longo momento – longo o bastante para Orelha-de-pau pensar que o pedido não era claro. Finalmente, Min levantou-se e Orelha-de--pau ergueu a cabeça.

– Saiba de uma coisa, órfão. – Min enunciou as palavras devagar. – Se algum dia você aprender a fazer um pote, não será comigo.

Orelha-de-pau não conseguiu se conter. – Por quê? – gritou. – Por que o senhor não quer me ensinar?

Min segurou o vaso parcialmente formado diante dele e arremessou-o com tal força no torno que sobressaltou o menino.

– Por quê? – Min repetiu. – Vou lhe dizer por quê. – A voz do ceramista estava baixa, mas trêmula por causa do esforço para controlá-la. – O ofício de ceramista passa de pai para filho. Eu tinha um filho. Meu filho, Hyung-gu. Ele se foi. Era *a ele* que teria ensinado. Você...

Orelha-de-pau viu os olhos do ceramista, ferozes de dor e raiva. Min disse, com voz embargada, as últimas palavras:

– Você não é meu filho.

Capítulo 9

Orelha-de-pau mal podia respirar enquanto caminhava para casa. As palavras de Min ainda lhe soavam nos ouvidos: *órfão... de pai para filho... não é meu filho*. Percebeu naquele instante o que jamais notara antes: todos os outros aprendizes eram, de fato, filhos dos ceramistas.

Não é minha culpa! – Orelha-de-pau queria gritar. Queria voltar correndo para a casa de Min e berrar: *Não é minha culpa que o senhor perdeu seu filho! Não é minha culpa que sou órfão! Por que tem que ser de pai para filho? Se um pote é bem-feito, que importa que tenha sido feito pelo filho deste ou o filho daquele?*

O Homem-garça o saudou com alegria, debaixo da ponte, e anunciou que dois pares de sandálias estavam prontos. Orelha-de-pau fingiu animação ao experimentá-las, mas sabia que o Homem-garça percebera de imediato seu rosto perturbado. O Homem-garça não disse nada, somente esperou.

Orelha-de-pau amarrou as sandálias aos pares, com cuidado. Ao pendurá-las em um lugar seguro debaixo da ponte, disse: – O ofício de ceramista passa de pai para filho aqui em Ch'ulp'o. É assim em todo o lugar?

– Uma história responde a esta pergunta – o Homem-garça retrucou. Mancou até uma pedra grande e sentou-se. Orelha-de-pau ajoelhou-se ao lado.

– Os ceramistas nem sempre foram considerados artistas, sabe? Muito tempo atrás, quando se faziam objetos para serem usados e não para serem admirados por sua beleza, trabalhar com cerâmica era considerado um ofício inferior. Ninguém queria que os filhos tivessem uma vida tão humilde.

"Ano após ano, mais filhos abandonaram o ofício até que não havia ceramistas para suprir a demanda do povo! Portanto, o rei decretou que os filhos de ceramistas deviam se tornar ceramistas também."

Orelha-de-pau balançou a cabeça e até conseguiu esboçar um sorriso penoso. Imagine, filhos fugindo do que ele mais desejava fazer!

– Não sei se ainda é lei – o Homem-garça continuou. – Mas uma tradição respeitada pode ser mais poderosa que uma lei.

Orelha-de-pau concordou. Pelo menos, sabia agora que seria inútil sair de Ch'ulp'o à procura de outro mestre.

O Homem-garça levantou-se, apoiando-se na muleta para esticar a perna boa. Olhou de lado para Orelha-de--pau. – Meu amigo, o mesmo vento que fecha uma porta pode abrir outra.

O menino levantou-se também e foi buscar a tigela da ceia. Às vezes, levava algum tempo para entender as charadas do Homem-garça, mas preferia tentar decifrá--las a receber uma resposta pronta.

O trabalho não tinha o mesmo sabor para Orelha-de--pau. Percebeu que trabalhara o tempo inteiro com o objetivo de fazer um pote. Ao perder essa esperança, perdera também o entusiasmo para se desincumbir das tarefas. Mais do que nunca, desejou não ter feito a oferta precipitada de transportar os vasos de Min para Songdo. Faria o serviço – não pelo velho ceramista, mas por Ajima.

Orelha-de-pau verificou a argila no local de drenagem. Algumas das bolas de argila secavam rápido demais; logo, umedeceu os panos que as envolviam. Depois, utilizando uma lâmina de madeira, abriu sulcos na superfície da argila no tanque de drenagem para apressar o processo de secagem. Como o trabalho se tornara mais vagaroso agora que a alegria desaparecera!

A argila no tanque estava quase no ponto certo; logo poderia enrolá-la em forma de bolas. Orelha-de-pau pegou um punhado de argila do canto do tanque e a amassou. Distraído, começou a formar uma pétala. Depois de tantas tentativas de fazer a pétala usada para enfeitar o jarro de água, suas mãos pareciam trabalhar por vontade própria, achatando aqui, moldando ali...

As mãos do menino pararam no meio de um movimento. Devagar, trouxe a pétala parcialmente formada ao nível dos olhos e examinou-a minuciosamente.

Moldar, pensou. Havia mais de um modo de fazer uma peça de cerâmica. A mais comum era tornear, ou seja, usar um torno para ajudar a formar uma peça simétrica. Mas os animaizinhos que enfeitavam o porta-incenso, as alças de certas vasilhas e os conta-gotas não eram torneados. Eram moldados à mão, sem a ajuda de um torno.

Pela primeira vez em dias, Orelha-de-pau sorriu ao esmagar a pétala e misturá-la de novo ao punhado de argila. A segunda porta se abrira.

Como de costume, o trabalho de Min tomou muito mais tempo do que o planejado, e o verão se transformava em outono quando as peças ficaram prontas. Uma dúzia de réplicas foram queimadas em três fornadas diferentes e a última queima produziu dois vasos esplêndidos. O delicado motivo floral incrustado brilhava em contraste com um fundo recoberto por um esmalte perfeito.

Sob a orientação de Min, Orelha-de-pau construiu um *jiggeh* especial para carregar nas costas. Enquanto trabalhavam, Min resmungava sobre o problema de transportar os vasos, falando mais para si mesmo do que para Orelha-de-pau.

Ajima veio ao quintal e serviu chá para os dois, enquanto Min prosseguia com os resmungos.

– Um cesto de palha – Ajima sugeriu. – Como aqueles usados para carregar arroz, talvez reforçado, forrado com palha e seda. Os vasos ficarão bem protegidos.

Min bebeu um gole de chá e voltou-se para Orelha-de-pau. – Você conhece alguém que saiba fazer um cesto desse tipo?

Foi assim que o Homem-garça veio trabalhar para Min também. Ele e o ceramista entraram em acordo sobre o preço, e o Homem-garça começou a fazer o cesto sob o beiral da casa de Min.

Orelha-de-pau partiria dentro de poucos dias. O cesto de palha estava pronto. Resistente, com paredes duplas e tampa presa com um fecho, tinha o tamanho exato para conter os vasos e bastante enchimento para deixá-los bem protegidos.

O Homem-garça demonstrava grande preocupação com sua obra, fazendo ajustes invisíveis na palha. Ajima veio ver o cesto, trocando olhares divertidos com Orelha-de-pau por trás das costas do Homem-garça.

– O cesto está pronto? – Ajima perguntou.

O Homem-garça parou de empurrar e puxar a palha e curvou-se para Ajima: – Foi uma honra participar desta empreitada.

O Homem-garça permaneceu um pouco afastado enquanto Ajima levantou a tampa do cesto e fechou-a de novo, prendendo a pequena bola de palha com a alça trançada. – Ótimo trabalho! – exclamou a mulher, balançando a cabeça para expressar sua admiração silenciosa.

A seguir, virou-se para o Homem-garça, com a testa franzida, e disse: – Homem-garça, gostaria de lhe pedir um favor.

O homem ficou em pé, apoiando-se na perna boa com orgulho, e respondeu: – Nada que a mulher do nobre ceramista pedisse seria demais.

Ajima curvou-se. Olhou rapidamente para Orelha--de-pau e fez um gesto em sua direção, explicando: – Este aí... acostumei-me com sua ajuda. Faz centenas de pequenas tarefas para mim todos os dias. É de grande auxílio na minha velhice.

Agora foi a vez de Orelha-de-pau se curvar, atônito. O que Ajima tinha em mente?

– Ficaria muito agradecida, Homem-garça, se o senhor pudesse vir à minha casa e fazer esses trabalhos enquanto Orelha-de-pau estiver longe – disse a mulher de Min. Curvou a cabeça ligeiramente e torceu as mãos como se estivesse envergonhada. – Não posso pagar pelo seu serviço. Tinha esperanças que pudesse agradecer sua boa vontade na forma de uma refeição...

Orelha-de-pau sentiu uma enorme onda de alívio tomar conta dele, mas controlou-se a tempo de não demonstrar nenhuma emoção. Não seria bom constranger o Homem-garça. Essa era a maior preocupação do menino: como o amigo se alimentaria durante a sua ausência.

Claro, poderia voltar a vasculhar pilhas de lixo e procurar comida nos bosques. Contudo, Orelha-de-pau sentia que seria como abandonar o amigo se ele tivesse que tornar a conseguir alimentos de tal forma. Estava preocupado com o problema há vários dias e agora Ajima fornecia a solução, sem ser solicitada.

– Sua oferta de comida é pura bondade – o Homem-garça começou. Orelha-de-pau levantou os olhos, assustado. Esta frase era o início de uma recusa educada. O que o Homem-garça estava fazendo? – Seria um prazer vir de vez em quando – continuou.

Ajima concordou, fazendo um movimento comedido com a cabeça. O Homem-garça curvou-se e pegou a muleta. Fez uma reverência para se despedir da mulher. – Vejo você na ponte, Orelha-de-pau – disse e partiu, saltitando.

Orelha-de-pau olhou até que o Homem-garça desapareceu na curva e depois voltou-se para Ajima, com uma pergunta nos olhos.

– Por causa do orgulho, Orelha-de-pau – a mulher explicou. – Ele não quer ser alimentado por piedade.

Orelha-de-pau chutou uma pedrinha que estava perto de seus pés. Por que agora orgulho e tolice eram companheiros tão chegados?

Com braços cruzados e postura petulante, Orelha-de-pau ficou de pé debaixo da ponte e começou a falar.

– Tenho uma viagem para fazer – disse com severidade. – Em uma estrada desconhecida. Milhares de coisas podem dar errado. Você não acha que já tenho muitas preocupações?

O Homem-garça levantou os olhos, surpreso. O menino nunca se dirigira a ele com tanta raiva.

— Está pensando em mim, meu amigo? Não se preocupe. Fui capaz de me alimentar — e a você também, para dizer a verdade — por muitos anos antes de você começar a trabalhar para o ceramista Min. Posso fazer isso de novo. Será que me acha indefeso agora?

— Você não! — Orelha-de-pau gritou, agitando os braços em frustração, como um pássaro gigante. — Não falo de você! É na mulher de Min que penso! Ela é idosa... Quer que ela fique com as costas doendo de arrancar ervas daninhas? E aquelas longas caminhadas na montanha, para colher cogumelos e frutos silvestres? Ela deveria, há muito, ter parado com estas atividades! O marido não a ajuda em nada. Não pensa em nada a não ser no seu trabalho de ceramista.

Orelha-de-pau fez uma pausa, ofegante. Respirou fundo uma vez e depois falou com voz mais baixa. — Quer que eu me preocupe com ela durante a viagem, meu amigo? Por que não quer ajudá-la? Se a ajudar, estará me ajudando.

O rosto do Homem-garça não estava mais chocado, agora que o menino parara de gritar. Virou o rosto para o rio, de costas para o amigo.

Orelha-de-pau esperou e prestou atenção. A perna atrofiada do Homem-garça tremia ligeiramente. Começou a tremer mais forte. Agora, todo o seu corpo sacudia. O menino deu um passo à frente, preocupado. Não tivera a intenção de fazer o amigo chorar.

Tocou o ombro do Homem-garça, que fez um gesto com a mão, ainda tremendo. Mas o amigo não estava chorando. Estava *rindo*. O riso contido explodiu em uma gargalhada tão gostosa que ele deixou cair a muleta. O menino pegou-a e permaneceu em silêncio, primeiro confuso e depois aborrecido quando as gargalhadas do Homem--garça não davam sinal de terminar. Se era uma piada, não a entendera.

– Ai, meu amigo! – O Homem-garça disse, por fim, e respirou fundo. Alguns risinhos ainda escaparam quando pegou a muleta e se apoiou nela para se sentar no chão. Olhou para cima e fingiu atacar o menino com a muleta.

– Que bela representação! – exclamou. – Nunca vi melhor.

Orelha-de-pau ficou boquiaberto por um instante, mas logo se recuperou. – O que quer dizer com "representação"? – exigiu saber. – Acaso duvida da minha sinceridade?

– Não, macaquinho. Nunca duvidaria disso. – Sorriu, obviamente ainda se divertindo. – Se isso significa tanto para você, posso ir todos os dias à casa de Min. Pronto! Está satisfeito?

Orelha-de-pau concordou, de má vontade. O caso estava resolvido, pois sabia que o Homem-garça manteria sua promessa. A admoestação do menino conseguira o efeito desejado, embora não exatamente como planejara.

Dois vasos – não os escolhidos para serem levados a Songdo – foram usados para testar a embalagem. Pedaços de seda foram introduzidos em seu interior e mais seda foi utilizada para embrulhá-los. Camadas de palha de arroz foram colocadas entre os vasos e todo o espaço restante no cesto foi preenchido com mais palha de arroz, bem apertada. Min, Ajima e o Homem-garça olharam Orelha-de-pau arremessar o cesto, com toda a força, ao chão. Depois, o fez rolar e até o chutou algumas vezes. Min correu e abriu a tampa do cesto. Apalpou o conteúdo e assentiu, satisfeito. Os vasos estavam intactos. – Desfaça esta embalagem – ordenou a Orelha-de-pau e, a seguir, entrou na casa para pegar os vasos selecionados.

Tão logo Min deixou o quintal, o Homem-garça aproximou-se para inspecionar o cesto. Ficou satisfeito também; a palha trançada não sofrera nenhum dano.

Contendo, agora, sua carga preciosa, o cesto foi preso ao *jiggeh*. Uma esteira enrolada foi amarrada à parte de baixo da estrutura. De um lado, havia dois pares de sandálias pendurados; do outro, um pequeno cantil feito com uma cabaça e uma bolsa destinada aos bolinhos de arroz.

O *jiggeh* estava pronto. Orelha-de-pau partiria de manhã.

Orelha-de-pau e o Homem-garça brincaram de jogar pedras no rio ao crepúsculo. Antes que a luz do dia desaparecesse de todo, Orelha-de-pau colocou a mão em sua bolsa de cintura e retirou um pequeno objeto. Deu-o ao Homem-garça.

– Um presente para você lembrar da promessa de ir à casa de Min todos os dias. – Não quis dizer: *para você lembrar de mim.*

Durante o último mês, o menino preenchera o tempo vago moldando argila. Conservava uma pequena bola na sua bolsa e fazia experiências com ela sempre que tinha uma oportunidade. Depois de algum tempo, uma figura começou a tomar forma; era como se a argila conversasse com ele e lhe dissesse no que queria se tornar.

Um macaco. Parecido com o conta-gotas que Min fizera. Menor que a palma da mão de Orelha-de-pau, o macaco sentado, com as mãos cruzadas sobre o ventre redondo, parecia contente e bem-alimentado. Os olhos eram dois pontos minúsculos incrustados e Orelha-de--pau entalhara outros detalhes da face, as mãos e o pelo.

Durante os preparativos para a última queima, colocou o macaquinho em um canto do forno, sem ninguém ver, e conseguiu retirá-lo longe dos olhos de Min. Para a alegria de Orelha-de-pau, apresentava o mesmo belo tom verde acinzentado das outras peças da fornada.

Orelha-de-pau concluíra que moldar não era a mesma coisa que tornear. A moldagem não transmitia uma sensação de encantamento e, evidentemente, nenhum vaso perfeitamente simétrico poderia ser feito sem o torno. Ainda havia ocasiões em que a visão do vaso prunus que sonhara produzir aparecia no fundo de sua mente, como que zombando dele.

Apesar disso, Orelha-de-pau descobriu que apreciava o trabalho de entalhe. Passara horas burilando os detalhes das feições do macaco, usando instrumentos cada vez mais finos. Nisto, pelo menos, o processo era o mesmo tanto numa figura moldada quanto num vaso torneado. Ao ver o macaco depois da queima, sentira uma emoção silenciosa.

O macaco era oco, como todos os conta-gotas de Min. Mas, como o Homem-garça não precisava de um conta-gotas, Orelha-de-pau não fizera um furo para a água escoar. Era apenas uma figura, quase um brinquedo.

O Homem-garça examinou o presente minuciosamente. Virou-o várias vezes e acariciou o acabamento perfeitamente liso e brilhante. Começou a falar, mas a voz saiu embargada. Apenas abanou a cabeça.

Coxeou até a cesta onde guardava bugigangas e trouxe um pedaço de barbante. Ainda em silêncio, amarrou o barbante com destreza em volta do macaco, deu um nó firme e prendeu-o no cinto. O macaco balançou alegremente na sua cintura. Finalmente, conseguiu falar.

– Estou honrado em usá-lo – disse e curvou-se.

– A honra é minha – Orelha-de-pau respondeu.

O Homem-garça olhou para baixo e brincou com o macaco. – Não tenho outro presente para lhe dar além das minhas palavras. O que tenho a dizer é o seguinte: de todos os problemas que poderá encontrar durante sua viagem, o pior será as pessoas. Serão elas a oferecer o maior perigo. Mas as pessoas também o ajudarão se você precisar. Lembre-se disto e viajará em segurança.

Capítulo 10

Com uma pedra afiada, Orelha-de-pau fez outra marca na estrutura do *jiggeh*. Havia seis marcas, uma para cada dia de viagem até então. A viagem transcorria como o Homem-garça previra: a cada dia, uma aldeia. Todas as manhãs o menino se levantava, se lavava num riacho e comia um dos bolinhos de arroz de Ajima. Caminhava até o sol ficar a pino e procurava um lugar à sombra para descansar e beber água do cantil. Seus movimentos acompanhavam o movimento do sol. No final da tarde ou começo da noite, Orelha-de-pau chegava a uma aldeia, onde passava a noite.

O costume campesino de oferecer hospitalidade aos viajantes era de grande conforto. Orelha-de-pau caminhava na rua principal da aldeia até que alguém – geralmente uma criança – perguntava sobre sua saúde e a viagem. Acompanhava a criança até sua casa, onde a dona da casa sempre o deixava dormir sob o beiral. Na maioria das vezes, uma refeição era oferecida também. Se tal oportunidade não acontecesse, usava algumas das moedas que Min lhe dera para comprar comida, se preciso. Carregava as moedas na bolsa de cintura junto com duas pederneiras e uma bola de argila.

– Estou certo de que você não gastará todas as moedas – Min disse, com aspereza, na manhã da partida. Quando deu o dinheiro a Orelha-de-pau, colocou a mão, por um momento, no ombro do menino. O toque assustou-o tanto que quase se esquivou. Min afastou-se sem uma palavra de despedida, mas a sensação despertada pelo toque da mão do mestre ficou gravada em sua memória por um longo tempo.

Ajima lhe dera um saco com bolinhos de arroz de consistência firme – a melhor comida de viagem – e também uma surpresa: um pacote de *gokkam*, ou seja, caquis doces secos. Os olhos de Orelha-de-pau se arregalaram de espanto quando abriu o pacote enquanto descansava no primeiro dia. Sabia o que eram aquelas esferas cor de laranja e pegajosas; um monge bondoso lhe dera alguns *gokkam* num outono, muitos anos antes, durante a comemoração do aniversário de Buda. Foi a única vez que comera tal iguaria. Este *gokkam* estava ainda melhor e cada pedaço suculento o fazia lembrar dos cuidados de Ajima.

A viagem transcorria sem percalços e Orelha-de-pau começou a relaxar um pouco. Nada de mal acontecera com ele ou com a carga. O tempo estava bom. Os dias ainda conservavam o calor do verão e as noites frescas traziam alívio. Apoiava a cabeça no *jiggeh* e o desconforto do travesseiro alto e duro era um lembrete quase bem-vindo de seu dever.

Hoje, no entanto, a ansiedade de Orelha-de-pau retornara. A caminhada fora fácil até então. Depois da montanha nos arredores de Ch'ulp'o, o terreno tornou-se plano, com infindáveis plantações de arroz. Agora, o caminho tornava-se íngreme de novo. A aldeia seguinte situava-se a dois dias de distância e teria que atravessar uma montanha. Orelha-de-pau passaria a noite na floresta.

Subindo a trilha, Orelha-de-pau começou a se sentir mais à vontade. Embora as montanhas fossem desconhecidas, as árvores eram as mesmas que havia na floresta perto da sua aldeia: bordos, carvalhos e ameixeiras selvagens davam lugar a pinheiros à medida que o menino se aproximava do topo da montanha. Orelha-de-pau ocupou a mente dedicando-se a identificar os pássaros que ouvia e as plantas que via. Começou até a cantar, mas parou abruptamente quando percebeu que a música era a canção de tornear de Min. *Velho teimoso*, Orelha-de-pau pensou, balançando a cabeça.

Os primeiros sinais do outono se insinuavam nos bosques; as folhas de algumas árvores apresentavam uma borda vermelha ou dourada. O ar era puro e fresco, e o caminho, sombreado. Orelha-de-pau começou a se sentir tolo por ter se preocupado sem razão.

Esperava encontrar uma cabana de caçadores ou até mesmo um templo, mas nenhum abrigo aparecera quando o sol começou a se pôr. Orelha-de-pau procurou um lugar adequado para passar a noite. Encheu o cantil com água do riacho raso que atravessava alegremente a trilha. Enxugou as mãos na túnica, ficou de pé e olhou à sua volta.

Do outro lado do riacho, perto da trilha, havia duas grandes pedras arredondadas. Orelha-de-pau atravessou o riacho para examiná-las. Entre as pedras, havia um espaço vazio. Era pequeno demais para dormir nele, mas Orelha-de-pau gostou da aparência das pedras enormes. Se decidisse passar a noite ali, seriam como sentinelas velando por seu sono.

Tirou o *jiggeh* com dificuldade e dedicou-se à tarefa de encontrar pedaços de madeira para fazer uma fogueira. Não tinha o que cozinhar, mas uma fogueira o animaria e aqueceria quando a noite caísse. Depois de limpar uma área do terreno, Orelha-de-pau fez um círculo com seixos do riacho. Construiu uma pirâmide de gravetos no centro do círculo e, na parte inferior da pirâmide, colocou uma camada de agulhas secas de pinheiro.

Com um movimento preciso, o menino bateu as duas pederneiras. Uma chuva de faíscas atingiu as agulhas de pinheiro. Tentou mais algumas vezes até que um filete de fumaça surgiu, indicando o nascimento de uma chama. Orelha-de-pau balançou a cabeça, com desgosto fingido. O Homem-garça quase sempre acendia uma fogueira na primeira tentativa.

Orelha-de-pau recostou-se numa das pedras grandes. Colocou as pederneiras de volta na bolsa de cintura e comeu um bolinho de arroz, torcendo o nariz à primeira mordida. Terminara os bolinhos de Ajima no dia anterior, e o *gokkam* acabara havia muito tempo. Os bolinhos que comprara na aldeia não tinham o mesmo sabor e textura.

Depois da refeição, Orelha-de-pau pegou a bola de argila. Pôs-se a amassá-la, enrolá-la, moldá-la. Não fazia nada em especial, apenas esperava a argila sussurrar uma ideia. Logo, o casco arredondado de uma tartaruga tomou forma. Moldar a cabeça era mais difícil, e Orelha--de-pau se aplicou ao trabalho com afinco.

Depois de algum tempo, tomou consciência que forçava os olhos para enxergar a argila à luz do fogo. Olhou em volta; o sol desaparecera, e a luz do dia duraria somente alguns minutos. Orelha-de-pau levantou-se e desamarrou a esteira do *jiggeh*. Desenrolou-a, colocando-a entre o fogo e as pedras. Deitou-se de bruços, com o queixo entre as mãos.

– Há duas coisas que um homem jamais se cansa de observar – ouviu o Homem-garça dizer em sua mente. – *O fogo e a água corrente. Sempre os mesmos e, ainda assim, sempre diferentes.*

À medida que a escuridão se tornava mais densa, o fogo começou a projetar sombras estranhas nos troncos das árvores em volta. O estalo repentino de um graveto na fogueira assustou-o, e Orelha-de-pau sentiu a inquietação voltar. – *Hora de dormir* – falou consigo mesmo, com voz resoluta.

Fechou os olhos, mas só por um momento. A escuridão que o cercava parecia grande demais. Olhar para a fogueira um pouco mais o faria sonolento. O estratagema funcionou; o calor e o crepitar contínuo da fogueira tornaram suas pálpebras pesadas.

Subitamente Orelha-de-pau acordou com um estremecimento; ouvira um ruído que não vinha da fogueira. Era tão ligeiro que não era bem um ruído. Era um leve movimento, uma pequena alteração no silêncio do ar noturno. Apoiou-se em um dos cotovelos, prestou atenção e, para enxergar melhor, valeu-se da luz pálida da lua minguante que acabara de nascer. Talvez não fosse nada.

Naquele instante, ouviu o ruído de novo. Desta vez, não havia dúvida. Algo se movia na floresta perto dele. Algo leve – um animal que deslizava, sem peso, pelas folhas caídas...

Bem devagar, pegou o *jiggeh*. Queria encaixá-lo no espaço entre as duas pedras, mas não conseguiria fazê-lo em silêncio. Os galhos que formavam o *jiggeh* arranharam o granito. Orelha-de-pau ficou imóvel e prendeu a respiração.

Tinha que fazer algo com urgência, pois a criatura, o que quer que fosse, o atacaria a qualquer momento. Empurrou o *jiggeh*, com força, para dentro do vão entre as pedras, apoiou as costas no *jiggeh* e contorceu o corpo até conseguir entrar também. Havia muito pouco espaço; agachou-se, curvou o corpo, com o queixo apoiado nos joelhos, e esperou. O coração parecia querer-lhe saltar do peito.

A fogueira conseguiria manter a fera afastada? O fogo quase se apagara. Agora havia apenas carvões em brasa, e Orelha-de-pau se amaldiçoou por não ter deixado lenha de reserva.

O som se aproximava; o menino ouviu um farfalhar de folhas à esquerda. Naquele instante, viu um galho de árvore no chão perto dele. Na realidade, era apenas um graveto, mas Orelha-de-pau estendeu a mão para pegá-lo. Retirou as folhas e segurou-o com firmeza. Um pensamento desesperado cruzou-lhe a mente: talvez pudesse cegar a fera quando o animal tentasse arrancá-lo do esconderijo com as garras afiadas...

Quanto tempo teria que esperar? Os momentos se arrastavam. Então, naquele instante, sem aviso, viu a criatura.

Era uma raposa!

Orelha-de-pau sentiu o coração na garganta. Os pensamentos pareciam correr em círculos desesperados. Contra uma raposa, estava indefeso. A raposa manteria o olhar fixo nele e olharia dentro de seus olhos para enfeitiçá-lo e atraí-lo para o covil. Jamais veria o Homem-garça ou Ajima outra vez. Os vasos permaneceriam escondidos entre as pedras por toda a eternidade. Nada restaria dele a não ser uma pilha de ossos roídos...

A raposa virou a cabeça. Por um segundo, a luz do fogo cintilou nos olhos do animal. – *Não olhe!* – Orelha-de-pau gritou para si mesmo. – *Não olhe a raposa nos olhos! É sua única chance!* – Fechou bem os olhos para fugir do olhar maligno do animal.

Quanto tempo esperou, não sabia. Enquanto permaneceu de olhos fechados, achou que uma eternidade se passara. Abriu os olhos. Fora enfeitiçado apesar de todos os esforços? Estaria no covil da raposa, nos últimos momentos de consciência antes de uma morte dolorosa e sangrenta?

Orelha-de-pau piscou para clarear a visão. A raposa se fora. Ainda estava encaixado no vão entre as pedras, com câimbra nos músculos doloridos. Não ousava se mover; era apenas mais um truque da raposa. Se saísse do esconderijo, o animal estaria à espreita. Não, teria que ficar naquele lugar, alerta para se precaver das armadilhas armadas pela criatura demoníaca...

Acordou com os gritos dos pássaros. Por alguns instantes, Orelha-de-pau não sabia onde estava. Tentou mudar de posição, mas um canto da estrutura do *jiggeh* machucou-lhe as costas.

Raios de sol gloriosos brilhavam entre as árvores. Era de manhã.

Seria possível? Ele adormecera! Dormira não sabia por quanto tempo, com uma raposa por perto — e sobrevivera!

Orelha-de-pau deu uma gargalhada, e o som do riso o fez lembrar seu amigo. — *Temos medo das coisas que não conhecemos — só porque não as conhecemos* — pensou o menino, satisfeito consigo mesmo. Precisava lembrar desse pensamento; o Homem-garça se interessaria em discuti--lo. Contorceu-se para sair da fenda, fazendo caretas, pois parecia haver um nó em cada um dos seus músculos doloridos.

A um dia de viagem a partir da próxima aldeia, estava a cidade de Puyo. Embora Orelha-de-pau estivesse decidido a ir diretamente para Songdo, sem demora, o Homem-garça o aconselhara a fazer uma única parada num lugar chamado "Rocha das flores cadentes", em Puyo.

— É uma história muito antiga — o Homem-garça dissera. Orelha-de-pau se acomodara na esteira, remexendo-se até encontrar uma posição confortável.

— Você sabe que nossa pequena nação sofreu várias invasões — o Homem-garça começou. — As potências que nos cercam — a China, o Japão, os Mongóis — jamais nos deixaram em paz durante muito tempo. Esta é a história de uma dessas invasões.

"Foi durante uma invasão dos chineses T'ang, cerca de quinhentos anos atrás. Puyo era, então, a capital de Paekche, um dos três reinos em que se dividia nossa terra. Os chineses T'ang, em aliança com o reino Silla, vieram do norte. Tomaram todo o território e forçaram a entrada em Puyo. A maior parte do exército real fora enviada para lutar na guerra e havia somente um punhado de guardas pessoais para defender o rei. Quando o rei foi avisado, era tarde demais.

"Bater em retirada era a única saída para ele e seus cortesãos. Mas os guerreiros T'ang estavam à espreita e seguiram os fugitivos até o ponto mais alto de Puyo: um penhasco às margens do rio Kum. Não havia como escapar. Com muita coragem, os guardas reais se postaram na trilha entre o inimigo e o soberano. Foram derrotados numa questão de segundos.

"Todas as concubinas e aias do rei o cercaram, decididas a protegê-lo até o fim. As mulheres sabiam que os guerreiros T'ang não as matariam. Seriam tomadas prisioneiras e, provavelmente, torturadas. O terror das mulheres era indescritível."

O Homem-garça fez uma pausa e tomou um gole de chá. Orelha-de-pau já não estava deitado; a narrativa emocionante o fez ficar de joelhos. – A história já acabou? – quis saber.

– Paciência, macaco. O melhor está por vir. – O Homem-garça fitou o fogo por um momento. – Os guerreiros T'ang atacaram, subindo a montanha. De uma só

vez, como se possuíssem uma única mente, as mulheres se atiraram do penhasco. Todas preferiram a morte a se tornarem prisioneiras. "Pode imaginar, meu amigo? As mulheres saltaram, uma após a outra, com os lindos vestidos de seda enfunados como balões: cor-de-rosa, vermelhos, verdes, azuis... como se fossem flores caindo."
Orelha-de-pau arregalou os olhos e exclamou, com a voz entrecortada. – Quanta coragem!

– Os guerreiros T'ang saíram vitoriosos naquele dia, mas o sacrifício não foi em vão, pois essas mulheres são uma inspiração para todos os que precisam de coragem. Serão lembradas por mil anos, tenho certeza – concluiu o Homem-garça.

Em seguida, pegou a muleta e revirou as brasas, que ameaçavam se apagar. Orelha-de-pau viu as fagulhas se elevarem e caírem... como flores minúsculas.

– Não deixe de escalar a "Rocha das flores cadentes" quando estiver em Puyo, meu amigo – o Homem-garça sugeriu. – Mas lembre-se de que pular para a morte não é a única forma de demonstrar a verdadeira coragem.

Agora Puyo estava bem à sua frente. Orelha-de-pau caminhou pela estrada a passos largos. Visitaria o rochedo e, quando voltasse para casa, contaria ao amigo tudo que vira.

As aldeias ao longo do caminho percorrido até então eram bastante semelhantes a Ch'ulp'o. Embora não se encontrassem à beira-mar e fossem habitadas por lavradores em vez de ceramistas, tinham a mesma atmosfera de Ch'ulp'o: casas pequenas com telhado de palha agrupadas ao longo da rua principal, a residência imponente do funcionário do governo à parte, um templo próximo, pessoas que trabalhavam muito para obter ganhos modestos. Todos eram gentis e respeitosos e cuidavam da própria vida, assim como Orelha-de-pau.

Mas Puyo! Orelha-de-pau cruzou os portões da cidade e parou, atônito. Que agitação! Gente, bois e carroças se esbarravam nas ruas estreitas. As casas eram tão juntas que o menino não sabia como os habitantes conseguiam respirar. Ouviu os gritos impacientes das pessoas que tentavam passar e continuou andando, carregado pelo fluxo do trânsito.

De ambos os lados da rua havia barracas. Os comerciantes anunciavam as mercadorias aos berros; os fregueses regateavam os preços aos gritos. Orelha-de-pau jamais vira tantos produtos à venda – ou ouvira tanto barulho! Como os moradores de Puyo conseguiam escutar os próprios pensamentos?

Algumas barracas vendiam comida e bebidas prontas, outras vendiam legumes, verduras e peixe para serem cozidos em casa. Uma barraca só vendia doces. Havia rolos de seda fina, bandejas de pedras preciosas, brinquedos de madeira. Todos os tipos de utensílios domésticos estavam à venda, como cestas, esteiras de palha e baús de madeira.

E cerâmica. Orelha-de-pau parou abruptamente em frente a uma barraca repleta de pequenas montanhas de peças de cerâmica. Não eram feitas de celadon, mas de uma cerâmica marrom-escura conhecida como *onggi*, para armazenar comida.

A barraca de *onggi* tinha em exposição vasilhas de todo o tamanho: de travessas minúsculas para molho a jarras para *kimchee*, cuja altura permitia que, dentro delas, um homem pudesse se esconder de pé. As peças estavam empilhadas em torres altas que pareciam manter um equilíbrio precário. Mas Orelha-de-pau sorriu porque sabia que as pilhas eram mais firmes do que aparentavam. Aprendera bem a empilhar vasilhas de tamanho similar em uma torre que tocaria o céu sem jamais ruir.

Orelha-de-pau estava prestes a ir embora quando seus olhos pousaram em uma prateleira no fundo da barraca. Ficou boquiaberto de espanto.

Apenas três objetos encontravam-se nessa prateleira: três idênticos jarros de vinho de cerâmica celadon – *incrustados com crisântemos*.

O dono da barraca notou o interesse de Orelha-de--pau. – Garoto, conte a seu mestre. Estas tigelas estão na última moda. O desenho é o preferido do rei em pessoa! Não ouso dizer o quanto paguei por elas... só um freguês com gosto impecável teria condições de comprar uma peça deste nível. O seu mestre é um freguês assim?

Orelha-de-pau não quis ser rude, mas não conseguia falar. Apenas curvou a cabeça para o homem e se afastou da barraca, sentindo-se um pouco tonto.

Os desenhos de Kang já eram vistos e admirados nas ruas de Puyo.

Orelha-de-pau apressou o passo, abrindo caminho na multidão. Quanto mais cedo chegasse a Songdo, tanto melhor para o trabalho de Min.

Capítulo 11

A trilha para a Rocha das Flores Cadentes era íngreme. Orelha-de-pau viu-se forçado a inclinar o tronco para frente e, às vezes, andar de gatinhas. Pouco antes de alcançar o topo, desviou-se um pouco do caminho, parou e tirou o *jiggeh* das costas. Bebeu água do cantil e entornou um pouco nas mãos para molhar o rosto suado.

Tendo se refrescado, sentiu-se pronto a voltar toda a atenção para a vista que se descortinava da rocha. Subiu a última escarpa segurando o *jiggeh* com dificuldade à sua frente e colocou-o no chão quando chegou à superfície plana e ampla no topo.

Era como se estivesse sozinho no mundo. Olhou em volta, em diferentes direções, sem saber em qual se concentrar primeiro. Diante dele, ao norte, o penhasco descaía abruptamente para o rio Kum, cujas águas formavam um risco largo e prateado a mover-se com desenvoltura entre as colinas e planícies. Atrás dele estava o caminho que escalara, com a cidade de Puyo abaixo. Como parecia pequena agora! Orelha-de-pau, com as mãos, protegeu os olhos do sol poente enquanto imaginava se a mancha que via no horizonte poderia ser o mar. Era evidente que o penhasco era alto o suficiente para lhe oferecer uma vista do grande oceano.

As palavras do Homem-garça adquiriram vida: o rei de pé onde Orelha-de-pau estava agora, cercado de damas palacianas... o inimigo galgando a encosta que o menino acabara de subir... os gritos das mulheres – o terror e o ato repentino de bravura, os vestidos coloridos parecendo pétalas de milhares de flores.

– Você conhece a história, não é? – A voz ao seu lado sobressaltou o menino; sentiu o coração saltar e disparar. Não ouvira o homem subir o caminho, mas lá estava ele, andrajoso e macilento, como se estivesse doente havia muito tempo ou nunca saísse à luz do sol.

Orelha-de-pau pigarreou. – Bom-dia, senhor. Comeu bem hoje?

– Nem hoje, nem desde alguns dias – foi a resposta grosseira. O homem sorriu, mas Orelha-de-pau não gostou do sorriso. Havia algo de desagradável nele. Embora preferisse permanecer na rocha um pouco mais, decidiu descer e livrar-se da companhia indesejável.

Orelha-de-pau virou-se e pegou o *jiggeh*, preparando-se para suspendê-lo e colocá-lo nas costas.

– Deixe-me ajudá-lo com isto – o homem disse, adiantando-se.

– Quanto arroz você leva aí!

Orelha-de-pau deu um passo atrás e tentou controlar o pânico. O fardo era muito mais precioso que arroz. – Sua oferta é gentil, bom senhor, mas não preciso de ajuda.

O sorriso do homem tornou-se malicioso. – Mas que menino grosseiro. Minha ajuda não vale nada? – E estendeu a mão para agarrar o *jiggeh*.

Orelha-de-pau puxou o *jiggeh* com um movimento brusco. Tropeçou e foi parar perigosamente perto da beira do penhasco. O homem rosnou, ameaçador e mal-humorado, e avançou alguns passos. Agarrou os lados do cesto de palha com ambas as mãos e puxou.

Em instantes, tudo pareceu se encaixar na mente do menino. A palidez do homem... a grosseria... o fato de aproximar-se de Orelha-de-pau num lugar tão deserto. O homem era um dos temidos *toduk-non*, bandidos que se escondiam no campo e nas cercanias das cidades e surgiam somente para assaltar viajantes exaustos. Orelha-de-pau agarrou-se à estrutura de madeira do *jiggeh* com toda a força.

O assaltante puxou e sacudiu; o cesto de palha reforçado do Homem-garça resistiu. Num certo momento, o homem soltou uma das mãos, praguejando – a palha cortara-lhe a palma. As mãos de Orelha-de-pau estavam calejadas devido ao manejo do machado e da pá, e seus braços estavam fortalecidos pelo trabalho constante. Ele não cedeu, em nenhum momento, ao assaltante.

Cuidado! Um grito de advertência soou na cabeça de Orelha-de-pau. *Você está puxando com muita força. Se ele largar de repente, você vai cair! Mude de posição agora, para não ficar de costas para a beira do penhasco!*

Orelha-de-pau arrastou os pés e começou a virar-se pouco a pouco. O assaltante continuava a puxar e, agora, praguejava e fazia ameaças. Em pouco tempo, as costas do menino estavam voltadas para o caminho. Sentia as mãos e braços como se fossem feitos de ferro – nunca quebrariam. Nunca largaria o *jiggeh*. O assaltante estava perdendo as forças, podia sentir...

Orelha-de-pau tinha os olhos fixos no rosto do homem, pois o ódio lhe daria mais força. E foi o que aconteceu: jurou, em silêncio, que aquele cão não tomaria o *jiggeh* e seu conteúdo precioso.

O homem tinha os olhos fixos no menino também, com o rosto contorcido por uma careta maldosa. Mas, de repente, riu e largou o cesto de palha. Orelha-de-pau caiu para trás, nos braços de outro homem que subira o caminho em silêncio.

Um segundo assaltante.

Contra dois, Orelha-de-pau não podia fazer nada. O segundo assaltante imobilizou o menino, segurando-lhe os braços por trás, enquanto o outro se aproximou e arrancou dele o *jiggeh*. Orelha-de-pau esperneou e lutou. Bateu com a cabeça no queixo de seu captor, que praguejou de dor. O outro assaltante deu uma bofetada violenta no rosto de Orelha-de-pau.

— Pare de resistir, ser desprezível. Queremos só roubar, mas podemos machucá-lo se der muito trabalho.

Enquanto o cúmplice mantinha Orelha-de-pau imobilizado, o primeiro assaltante abriu o cesto de palha com rapidez. Arrancou o enchimento de palha e seda, tornando-se mais furioso à medida que deparava com camada após camada.

— Não é arroz! O que está carregando, garoto idiota?

— Finalmente, retirou o primeiro dos vasos e seu rosto ficou roxo de fúria.

— Inútil! — o homem berrou. Agarrou a boca do vaso com uma das mãos e começou a balançá-lo. Orelha-de-pau prendeu a respiração, apavorado.

— Podemos vendê-lo — sugeriu o segundo ladrão, com mais calma.

— Está cego? — o cúmplice retrucou, aos gritos. — Olhe só! Não vê que este vaso só pode ser um presente para o palácio? Ninguém ousaria comprá-lo de nós!

— Continue a procurar. Pode ser que haja algo mais.

O ladrão colocou o vaso no chão e continuou a revistar o cesto de palha. Resmungando e praguejando, retirou o segundo vaso e atirou ao chão o último punhado de palha.

— Nada! — berrou. — Subimos até aqui... para nada!

O cúmplice mudara a forma de dominar Orelha-de-pau e agora o sufocava com uma chave de braço que mal o deixava respirar. Com a outra mão, o homem manuseava a bolsa de cintura do menino.

– Ah! Achei uma coisa aqui que vai animar você! – Segurou a bolsa com a mão livre e esvaziou o conteúdo no chão. As pederneiras e a tartaruguinha de barro caíram, seguidas pelas moedas.

– Melhor do que nada – resmungou o primeiro assaltante, recolhendo as moedas. Chutou o *jiggeh* para longe e começou a descer a encosta. – Venha. Já perdemos tempo demais.

Orelha-de-pau sussurrou uma prece de gratidão. *Levem o dinheiro, levem qualquer coisa. Só deixem os vasos em paz...*

O segundo ladrão deu uma gargalhada. – Espere. Segure este asno por um instante.

O primeiro assaltante voltou. – O que foi? – perguntou com impaciência, ao segurar os braços do menino por trás.

– Vamos nos divertir um pouco, já que estamos aqui em cima.

O bandido pegou um dos vasos, aproximou-se da beira do penhasco e arremessou-o no ar. Olhou para baixo e levou uma das mãos ao ouvido, como se tentasse captar um som a distância. Depois de um silêncio angustiante, ouviu-se o estilhaçar da cerâmica nas pedras.

O segundo assaltante deu outra gargalhada. – Mais um! – exclamou com uma voz jovial.

– Não! – O grito de Orelha-de-pau foi lancinante, como um urro desumano de puro desespero. O homem que o imobilizava levantou-o no ar e o arremessou no chão com tanta força que o menino perdeu o fôlego. Orelha-de-pau não pôde fazer nada a não ser olhar o voo do segundo vaso a caminho da destruição. Ganiu como um cão ferido e tapou os ouvidos com as mãos para não ouvir o ruído da cerâmica a quebrar-se.

Orelha-de-pau rolou o corpo para o lado e vomitou. Vomitou repetidas vezes, até que teve a sensação de que o estômago se tornara tão vazio quanto seu espírito. Vacilante, ergueu-se e dobrou o corpo, com mãos nos joelhos.

Fracasso. O fracasso mais desonroso. Não conseguira proteger os vasos; Puyo não ficava sequer no meio do caminho entre Ch'ulp'o e Songdo. Se tivesse alcançado a capital e os vasos tivessem sido recusados no palácio, pelo menos teria cumprido sua missão.

Ergueu a cabeça devagar e fitou a beira do penhasco. A ideia de retornar à aldeia e contar a Min o que acontecera o fazia estremecer dos pés à cabeça. Nada podia ser pior. Endireitou o corpo e deu alguns passos na direção do abismo.

Como seria pular e voar como aquelas mulheres, livre como um pássaro? E o tempo pareceria diferente. Aqueles poucos momentos, com certeza, pareceriam horas...

Naquele momento, Orelha-de-pau ouviu a voz do Homem-garça com tanta clareza que virou para trás, atônito. *Pular para a morte não é a única forma de se demonstrar a verdadeira coragem.* Claro, não havia ninguém por perto. Orelha-de-pau afastou-se da beira do abismo, envergonhado. Sabia que era verdade: enfrentar Min seria um ato muito mais corajoso. Pensou na promessa que fizera a Ajima e, além disso, o Homem-garça estava esperando por ele. Era seu dever retornar.

Pegou a bolsa de cintura e colocou as pederneiras e a tartaruga de volta dentro dela. Desamarrou as poucas coisas que estavam presas ao *jiggeh*: apenas um par de sandálias, já que calçara o outro par sobressalente no dia anterior, e a bolsa, que ainda continha alguns bolinhos de arroz. Orelha-de-pau tinha a sensação de que jamais conseguiria comer de novo.

Enfiou a bolsa de cintura debaixo da túnica outra vez e colocou as sandálias, a bolsa de comida e o cantil por sobre o ombro. Ficou parado for alguns momentos com os olhos fixos no nada. Aos poucos, o cesto de palha entrou em foco diante dele. Com um súbito berro de fúria, agarrou o *jiggeh* e o atirou, com cesto e tudo, por sobre a beira do penhasco. Observou a queda. O *jiggeh* não caiu diretamente na água; bateu várias vezes nas pedras antes de atingir o rio.

Orelha-de-pau virou-se e saiu em disparada, às cegas, caminho abaixo, indiferente à vegetação e às pedras. Caiu várias vezes, mas levantou-se de imediato. Deu tropeções e passos em falso e deslizou pela encosta durante a descida precipitada. Ao alcançar o ponto onde o caminho tornava-se plano, caiu de rosto no chão e suas lágrimas misturaram-se à terra. Cortou o lábio superior com os dentes e cuspiu sangue. A dor era bem-vinda; merecia um castigo muito pior.

Orelha-de-pau sentou-se e limpou o rosto com a barra da túnica. Não ouvia nada a não ser a própria respiração agitada e o rio caudaloso. Subitamente, um fiapo de esperança o fez recobrar o ânimo. Percebeu que não ouvira o ruído do segundo vaso se estilhaçando. Talvez tivesse caído no rio, talvez estivesse intacto...

Orelha-de-pau contornou a base do penhasco até chegar ao rio. Alguns pedregulhos interrompiam o acesso a uma faixa estreita de areia e havia mais pedras além. Olhou para a encosta íngreme do penhasco que se agigantava acima dele e tentou adivinhar onde os vasos haviam caído. Depois, começou a galgar os pedregulhos, com dificuldade.

Plantas espinhosas cresciam entre as pedras. Às vezes, fundiam-se com a face das rochas e entrelaçavam-se numa malha tão densa que o menino era obrigado a descer até a beira do rio e andar pela água. Se os vasos tivessem caído nessas plantas, nunca os acharia.

Aquele objeto na areia, de cor mais clara que as pedras, poderia ser o vaso? Orelha-de-pau caminhou com grande dificuldade sobre o chão pedregoso. Esfolou a canela, mas estava tão ansioso que mal sentiu a dor.

Não. Era uma pilha de seixos.

Por muito tempo, caminhou entre o rio e a base do penhasco, subiu os pedregulhos e percorreu a faixa de areia. Já quase perdera a esperança quando encontrou uma pequena pilha de fragmentos de cerâmica.

Nunca teriam sido notadas por um passante eventual; o vaso estava tão estilhaçado que os fragmentos eram do tamanho de seixos. Orelha-de-pau agachou-se e tocou-os com cautela. *Tomara que seja o primeiro vaso*, desejou com todas as suas forças.

Levantou-se e olhou em volta. O assaltante jogara ambos os vasos do mesmo lugar no alto do penhasco; o outro devia estar por perto. Na beira do rio, Orelha-de-pau viu algo na areia. Aproximou-se devagar; disse a si mesmo que devia ser apenas outra pilha de seixos ou um pedaço de madeira...

Era o segundo vaso. A força da queda o enterrara na areia, em mil pedaços.

Orelha-de-pau caiu de joelhos. *Tolo*, pensou com amargura. *Tolo de ter esperança que o vaso sobrevivesse a tal queda.*

O segundo vaso, cuja queda fora levemente amortecida pela areia, quebrara-se em pedaços maiores. O maior deles era do tamanho da palma de sua mão. Orelha-de-pau pegou-o e agitou-o dentro d'água para retirar a areia.

De um lado do fragmento corria um sulco raso, evidenciando a forma de melão do vaso, ao longo do qual podia-se ver parte de uma peônia incrustada, com o caule e folhas entrelaçadas. O esmalte ainda brilhava, claro e puro, intocado pela violência que sofrera.

Uma ponta afiada cortou a palma da mão de Orelha--de-pau. A dor era um eco de outra situação que vivera – lembrava-o agora. Também cortara a mão ao jogar no rio de Ch'ulp'o um fragmento da primeira fornada de vasos incrustados, cujo esmalte se danificara durante a queima. Há quanto tempo aquilo parecia ter acontecido!

De repente, Orelha-de-pau ergueu a cabeça. Levantou-se e endireitou os ombros, ainda apertando na mão o pedaço de cerâmica. Colocou-o com cuidado sobre uma pedra achatada. Pegou a tartaruga de argila na bolsa de cintura e a amassou até que se tornasse uma bola de novo. A seguir, enrolou a argila com as mãos até que formasse uma cobra comprida. Ajustou a cobra de argila ao redor da borda afiada para proteger a peça.

Orelha-de-pau retirou as pederneiras da bolsa de cintura, já que poderiam arranhar o fragmento. Amarrou-as numa ponta da túnica e colocou na bolsa o caco de argila emoldurado. Segurando a bolsa no alto, para protegê-la das pedras, Orelha-de-pau voltou à trilha.

Cada movimento era rápido e decidido; a hesitação seria sinal de dúvida constante. Ele decidira: faria a viagem até Songdo e mostraria ao emissário aquele único fragmento.

Capítulo 12

Os dias seguintes transcorreram numa névoa constante. Orelha-de-pau caminhava sem cessar. O sol nascia; ele caminhava. A chuva era torrencial; ele caminhava. Do nascer do sol ao entardecer, caminhava ininterruptamente. Para beber água, recorria ao cantil.

Se a noite caía quando estava próximo a uma aldeia, dormia ao relento, nas imediações de uma casa qualquer, e aceitava o que quisessem lhe dar para comer. Se não se encontrava perto de uma aldeia, dormia em uma vala ao lado da estrada ou sob uma árvore na floresta. Comia, provavelmente, uma vez a cada dois dias. Não sentia necessidade de comer, mas sabia que, sem comida, não conseguiria completar a viagem.

Só uma vez ele pausou. Uma cadeia de montanhas baixas formava um vale redondo, cortado por um rio bonito. Depois de cruzar o vale, Orelha-de-pau parou num pico do outro lado e olhou para trás. Sabia que a paisagem deveria ser ainda mais encantadora do que lhe parecia agora, já que a exaustão embotava-lhe os sentidos e a mente, como se estivesse em meio a um nevoeiro. Quem sabe, na volta, conseguiria apreciá-la melhor.

Três dias depois de ter atravessado esse vale e seguir em direção ao norte, Orelha-de-pau chegou a Songdo.

Songdo era parecida com Puyo, só que maior – mais pessoas, mais edifícios, mais trânsito. O palácio situava-se no centro da cidade e destacava-se das outras edificações.

Orelha-de-pau não parou de caminhar. A cada passo, estava mais próximo do palácio. Em seu trajeto, esquivou-se para evitar uma mulher que carregava um bebê amarrado às costas. O bebê chorava devido a alguma decepção, e o choro chamou a atenção de Orelha-de-pau. A mãe consolava a criança, cantando-lhe uma cantiga de ninar e balançando-a ritmicamente para cima e para baixo. Por um breve momento, Orelha-de-pau distraiu-se. Fora uma criança assim, bem ali em Songdo. Vivera nessa cidade com os pais – a mãe e o pai. Talvez a mãe o tivesse consolado do mesmo modo quando chorava. Talvez em algum lugar, em algum dos templos, houvesse um monge que conhecera seus pais, que se lembrava de tê-lo mandado para Ch'ulp'o.

Orelha-de-pau suspirou e olhou à volta. O barulho do tráfego parecia pressionar-lhe os ouvidos, todo o corpo. Por toda a parte havia pessoas caminhando com pressa. Devia haver dúzias de templos nas montanhas ao redor de Songdo. Mesmo que o menino achasse o tal monge, era provável que ele não se lembrasse de nada. Poderia ter morrido.

Não adiantava pensar nisso. Orelha-de-pau voltou a atenção para a tarefa que lhe cabia cumprir.

No final da tarde, Orelha-de-pau conseguira passar pela multidão e encontrara o portão principal do palácio, onde dois soldados montavam guarda.

O menino anunciou com voz firme: – Tenho uma audiência com o emissário real encarregado dos assuntos de cerâmica. – Era este o título completo do emissário Kim. Curvou-se numa reverência solene.

Os guardas voltaram os olhos em sua direção e, em seguida, entreolharam-se. Orelha-de-pau era capaz de ler os pensamentos dos dois: *Este espantalho magricela tem uma audiência com o emissário real?* Mas não tremia agora; a calma que sentia não lhe causava surpresa. O emissário o esperava. Tinha o direito de estar ali.

Tal sentimento deve ter transparecido na atitude do menino, pois um dos soldados desapareceu atrás do portão. Demorou tanto que o outro guarda começou a balançar de um lado para o outro com impaciência, mas Orelha-de-pau não arredou pé. Sem se deixar intimidar, continuou ali, com altivez e com os olhos fixos no portão.

Finalmente o guarda voltou, seguido de outro homem. Não era o emissário Kim, mas alguém com um traje similar; o menino reparou que o chapéu era diferente – provavelmente tratava-se de algum funcionário de posto inferior ao de Kim. Ele também olhou para Orelha-de-pau com ceticismo.

– Sim? – o recém-chegado indagou, com uma ponta de impaciência na voz educada.

Orelha-de-pau fez outra reverência. – Tenho uma audiência com o emissário Kim. Represento o ceramista Min, de Ch'ulp'o.

O funcionário levantou as sobrancelhas ligeiramente.

– Sim, está bem. Onde está a peça? Vou levá-la ao emissário Kim e você pode voltar em alguns dias para saber a resposta.

Orelha-de-pau fez uma pausa antes de começar a falar. – Não desejo desagradar ao nobre cavalheiro, mas só ao emissário mostrarei o que trouxe. – Respirou fundo para controlar a ponta de ansiedade que começava a crescer dentro dele. Até então, não fora forçado a mentir.

O funcionário parecia contrafeito. – O emissário Kim é um homem muito ocupado. Não desejo incomodá-lo. É preferível que ele veja a cerâmica na hora que lhe for mais conveniente.

– Então, vou esperar por uma hora conveniente – disse Orelha-de-pau. O menino encarou seu interlocutor sem desviar os olhos. – O emissário Kim pediu, expressamente, que o trabalho do ceramista Min fosse entregue a ele. Não gostaria de contrariar seus desejos.

A mensagem foi clara para o funcionário. — Compreendo — disse, aborrecido. — Mas não pode vê-lo sem mostrar-lhe a peça. Onde está?

— Só ao emissário direi onde está a peça.

O funcionário resmungou em voz baixa e tomou uma decisão. Fez um sinal para os guardas. O portão se escancarou, e Orelha-de-pau penetrou no pátio real. Para além do portão havia uma outra cidade, de pequenas dimensões. Vários prédios se alinhavam junto aos muros. Do outro lado de um trecho largo do pátio, podia-se ver o mais majestoso deles: o palácio propriamente dito. Orelha-de-pau quase tropeçou ao caminhar com o pescoço esticado e os olhos bem abertos. Jamais vira um prédio com mais de um andar.

E, maravilha das maravilhas, as telhas eram feitas de cerâmica celadon.

O menino parou de caminhar. Ouvira a respeito das telhas de celadon. Anos atrás, antes do nascimento de Orelha-de-pau, os ceramistas de Ch'ulp'o fizeram juntos um esforço colossal para fabricar aquelas telhas. As telhas defeituosas rejeitadas ainda podiam ser encontradas perto do forno comunitário. Como Orelha-de-pau gostaria de escalar as paredes e ver as telhas mais de perto! Mesmo do local onde se encontrava, podia distinguir o trabalho elaborado de alto e baixo-relevo.

Pessoas de todo tipo pareciam entretidas com seus próprios afazeres: negociantes, soldados, empregados e muitos monges. Com relutância, Orelha-de-pau desprendeu os olhos das telhas e alcançou o acompanhante, que o conduziu às dependências palacianas. O homem parou, afinal, diante de um edifício situado junto ao muro exterior e, com um gesto, ordenou a Orelha-de-pau que esperasse do lado de fora.

Ao cabo de alguns momentos, o funcionário voltou e acenou para Orelha-de-pau. O menino, então, atravessou um vestíbulo e entrou num aposento de pequenas dimensões. Era pequeno, mas lindo. Numa parede, havia prateleiras repletas de peças de cerâmica celadon. Orelha-de-pau percebeu de imediato que todas as peças eram da melhor qualidade. O funcionário postou-se ao lado da porta e assumiu a postura de um assistente.

O emissário Kim, sentado a uma mesa baixa de madeira, escrevia com rapidez num pergaminho. O pincel ágil corria pelo papel, deixando um rastro de caracteres traçados com perfeição. Orelha-de-pau não sabia ler, mas reconhecia a maestria da caligrafia de Kim.

Kim limpou o pincel com cuidado e, depois de depositar o pergaminho numa prateleira para a secagem da tinta, voltou à mesa e sentou-se outra vez. Cruzou os braços e fitou Orelha-de-pau.

O menino fez uma reverência profunda. Ao curvar o corpo, a coragem lhe fugiu de repente e sentiu os joelhos enfraquecerem, como que transformados em caniços. *Devo estar com fome*, pensou, ao endireitar o corpo. Não acreditava que pudesse pensar em fome numa hora dessas.

— Você veio de Ch'ulp'o. O ceramista Min o enviou — o emissário iniciou o diálogo.

— Sim, nobre senhor.

O emissário esperou uns segundos e depois perguntou: — E então? Onde estão as peças?

Orelha-de-pau engoliu em seco. — Senhor, no caminho para cá, fui atacado por assaltantes que... destruíram as peças do meu mestre...

O assistente avançou, furioso. — Como ousa, seu tolo descarado? Como ousa exigir uma audiência com o emissário se não tem nada para mostrar-lhe? — Estendeu a mão para agarrar Orelha-de-pau pelo braço e arremessá-lo porta fora.

A fraqueza dos joelhos do menino espalhou-se por todo o corpo. O assistente estava certo. Fora um tolo. Primeiro, um fracassado e, agora, um tolo...

Mas o emissário, que havia se levantado, fez um gesto para o ajudante, e o homem se afastou, como quem acabou de receber uma reprimenda.

— Estou muito decepcionado — o emissário Kim revelou. — Estava ansioso para ver de novo o trabalho do ceramista Min.

Com a cabeça baixa, Orelha-de-pau murmurou: — Peço humildes desculpas ao nobre emissário. — Lentamente, tirou o fragmento da bolsa de cintura. Respirou fundo e olhou para ele antes de recomeçar a falar.

Como parecia estranho, com a moldura grosseira de argila. Mas a incrustação permanecia delicada e precisa e o esmalte, refinado e puro. A beleza do trabalho deu a Orelha-de-pau um último ímpeto de coragem.

— Não é mais que um fragmento, nobre emissário. Ainda assim, creio que mostra toda a perícia do meu mestre.

— Segurou o pedaço de cerâmica nas mãos em concha e as estendeu na direção do emissário.

Kim pareceu surpreso, mas aceitou a oferta. Examinou o pedaço de cerâmica com cuidado. Até retirou o invólucro grosseiro de argila e esquadrinhou as bordas.

O emissário Kim sentou-se à mesa mais uma vez. Selecionou um pergaminho, segurou o pincel e começou a escrever.

Orelha-de-pau continuou de cabeça baixa para esconder as lágrimas de vergonha. Era óbvio que o emissário já passara a tratar de outro assunto, mas seria rude partir antes de ser dispensado. Perguntou a si mesmo se deveria pegar de volta o fragmento, que Kim colocara com cuidado na mesa. O desespero do menino mesclava-se com gratidão. Era grato ao emissário por não zombar da sua estupidez de ter viajado por tanto tempo com apenas um caco para mostrar.

Ouviu o assistente, ao lado, deixar escapar uma interjeição atônita. O emissário fizera um sinal para o homem e lhe mostrava o pergaminho.

— Vá. Tome as providências necessárias — disse o emissário.

— Mestre... — o assistente hesitou. — Como é possível designar um ceramista para uma encomenda sem ver o seu trabalho? – As palavras educadas do homem mal disfarçavam o tom de censura na voz.

– Compreendo seu ceticismo – o emissário respondeu, com paciência. – Mas vi o trabalho deste ceramista em Ch'ulp'o, e agora tornei a vê-lo. – Curvou-se e tomou nas mãos o fragmento.

– Veja. "O brilho do jade e a transparência da água." É assim que se descreve o esmalte celadon da mais fina qualidade. Pouquíssimas peças merecem tal elogio. – Fez uma pausa e fitou o fragmento. – Esta aqui merece. E o trabalho de incrustação é... extraordinário. – A voz tornou-se mais baixa enquanto fitava o fragmento com admiração sincera. Depois de alguns momentos, entregou o rolo de pergaminho ao assistente. – Agora, vá e faça o que mandei.

O assistente fez uma reverência abrupta e se retirou. O emissário Kim fitou Orelha-de-pau. Em seus olhos, havia a mesma bondade que o menino costumava encontrar nos olhos do Homem-garça, nos olhos de Ajima.

– Escrevi instruções solicitando providências que assegurem sua volta a Ch'ulp'o de barco. Quero que leve uma mensagem a seu mestre. Vou designá-lo para uma encomenda. Diga-me, trabalha há muito tempo para Min?

Orelha-de-pau teve uma vertigem ao ouvir as palavras do homem, proferidas num tom tão calmo e natural. Em meio a uma névoa de descrença e perplexidade, ouviu a própria voz dizer: – Um ano e meio, nobre senhor.

– Ótimo. Talvez possa me dizer quantas peças por ano posso esperar que seu mestre produza, para fazer um trabalho perfeito?

Concentrar-se na resposta à pergunta do emissário ajudou a equilibrar Orelha-de-pau. – Acho que dez. Não menos, mas também não muitas mais... – Ergueu os olhos e falou com orgulho contido: – Meu mestre trabalha devagar.

O emissário concordou solenemente: – E faz muito bem. – Fez uma mesura para Orelha-de-pau. – Se precisar de abrigo aqui em Songdo, meu assistente providenciará acomodação e refeições até a partida do barco. Agradeço-lhe muitíssimo por ter vindo.

Orelha-de-pau queria rir, chorar, abraçar o emissário e dançar loucamente pelo aposento. Em vez disso, fez uma profunda reverência, até o chão. Não conseguia falar, mas rezou para que o emissário compreendesse o agradecimento silencioso.

Alguns sentimentos não podiam ser expressos com palavras.

Capítulo 13

A viagem por mar foi muito mais rápida que a viagem por terra. Livre do enjoo do primeiro dia, provocado pelo entusiasmo e pelo balanço do barco, Orelha-de-pau divertia-se em passar o tempo a bordo observando o mar e todas as mudanças que sofria. O céu parecia diferente, muito maior do que visto da terra. Ainda assim, o sentimento mais forte que experimentou durante a travessia foi de impaciência malcontida.

Quando, finalmente, o barco aportou em Ch'ulp'o, Orelha-de-pau debruçou-se na amurada com ansiedade. Como a aldeia parecia familiar, mesmo deste ângulo estranho e inusitado! O menino estava tão agitado que teve que se controlar para não se atirar no mar quando o barco ainda estava longe da praia. A parte final da viagem – da água profunda para a praia num pequeno bote a remo – pareceu a mais longa.

Da praia, Orelha-de-pau correu para a aldeia. Decidiu ir à casa de Min primeiro, para entregar a mensagem sobre a encomenda, e depois voltar à ponte para contar ao Homem-garça as novidades.

Como ninguém respondeu a seu chamado na frente da casa, dirigiu-se aos fundos. Ajima estava na horta, agachada, de costas para ele.

Limpou a garganta. – Ajima?

A mulher virou-se tão depressa que Orelha-de-pau temeu que fosse cair.

– Orelha-de-pau! – exclamou, e o rosto se animou nas mil rugas de seu sorriso. – Você voltou são e salvo!

– Sim, Ajima.

O dia estava frio, já que o outono chegara, mas as boas-vindas de Ajima foram como uma brisa amena. Orelha-de-pau curvou-se e não pôde deixar de sorrir.

– O mestre está em casa?

– Está nos tanques de drenagem... – Ela hesitou, como se tomasse uma decisão. – Tem notícias para ele?

Orelha-de-pau sentiu o sorriso se alargar. – Sim, Ajima. – Curvou-se de novo e atravessou o quintal em disparada na direção do riacho.

Orelha-de-pau diminuiu o passo ao se aproximar da clareira. Cerrou os punhos para conter a agitação.

– Mestre ceramista? – chamou.

Min revirava a argila no tanque de drenagem. Colocou o batedor no chão e limpou as mãos em um trapo.
– Você voltou, – limitou-se a dizer.
Orelha-de-pau curvou-se. – O emissário real me recebeu – anunciou, enquanto tentava controlar a voz para não soar solene. – O senhor foi designado para uma encomenda.
Min fechou os olhos e respirou muito fundo. Soltou o ar com um suspiro, logo transformado quase num assobio. Em seguida, abriu os olhos e os fixou em algum ponto distante, além dos ombros de Orelha-de-pau. Transcorridos mais alguns instantes, caminhou até uma pedra grande à margem do riacho e sentou-se. Apontou para a pedra a seu lado.
Orelha-de-pau sentou-se, decepcionado porque Min não demonstrara muita emoção. O coração batia tão forte que podia senti-lo pulsando na garganta. Lançou um olhar de relance para o rosto do ceramista. Por que Min parecia tão solene? Não eram estas as notícias que aguardara quase a vida inteira? Orelha-de-pau afastou tal pensamento. A reação do ceramista era de esperar.
Min inclinou-se para frente, abriu a boca para falar, parou e balançou a cabeça. – Sinto muito, Orelha-de--pau – conseguiu dizer, por fim. – Aquele seu amigo...
Orelha-de-pau sentiu o sangue gelar nas veias. *O Homem-garça.*
–... estava andando na ponte alguns dias atrás quando surgiu um lavrador tentando atravessar com uma car-

ga pesada demais na carroça. A carroça esbarrou no seu amigo e ele perdeu o equilíbrio. O parapeito da ponte estava podre e desabou.

Orelha-de-pau fechou os olhos. Queria que Min parasse de falar.

Min inclinou-se para frente e colocou a mão no ombro de Orelha-de-pau. – A água estava fria... seu amigo estava velho. O coração não resistiu ao choque violento.

Orelha-de-pau sentiu-se muito estranho. Era como tivesse saído do corpo e observasse a si mesmo escutando Min. Este outro Orelha-de-pau, que via a cena de longe, notou que os olhos de Min estavam suaves, e o rosto, gentil. Era a primeira vez que Orelha-de-pau o via assim.

Min continuava a falar. – Me disseram que tudo aconteceu num instante. Seu amigo não sofreu. – Em seguida, o ceramista vasculhou a bolsa de cintura e tirou um pequeno objeto. – Quando o retiraram da água, segurava isto na mão.

Era o macaquinho de cerâmica, ainda preso ao barbante. Min estendeu a mão, mas Orelha-de-pau não conseguiu se mover para pegar o objeto.

Naquele momento, o menino ouviu a voz de Ajima a seu lado. Parecia ter surgido do nada. Ou estivera lá o tempo todo? As luzes e os sons flutuavam ao seu redor, como se fossem vistos e ouvidos através de uma muralha de água. – Orelha-de-pau, fique conosco esta noite – convidou a mulher.

Com os pensamentos ainda fora do corpo, Orelha-de-pau observou a si mesmo levantar-se e deixar que Ajima o conduzisse de volta para a casa.

Min gritou, à medida que se afastavam: – É um trabalho muito bom, Orelha-de-pau.

As palavras chegaram a Orelha-de-pau como se vindas de muito longe. Não podia confiar nos próprios ouvidos. Talvez apenas as imaginara.

Ajima e o menino pararam na soleira da porta. A parte da mente de Orelha-de-pau que ainda funcionava estava maravilhada. Ele jamais entrara na casa antes. Viu, de relance, peças feitas por Min: um belo bule de chá numa prateleira, uma jarra entalhada que continha utensílios de cozinha. Os aposentos possuíam uma aparência organizada e simples, mas aconchegante.

Ajima levou-o a um quarto pequeno e estreito com uma esteira já desenrolada e deixou-o sozinho. Orelha-de-pau deitou-se na esteira. Fechou os olhos para evitar a luz e para não pensar mais no que acabara de ouvir. Não demorou a cair no buraco escuro e profundo do sono.

Na manhã seguinte, Orelha-de-pau acordou muito antes do sino do templo. Deixou a casa silenciosa e caminhou até o riacho, onde permaneceu de pé e fitou o movimento da correnteza. Curvou-se e pegou uma pedra achatada, mas a atirou tão sem cuidado que ela não quicou nenhuma vez. Afundou no rio num baque surdo.

Orelha-de-pau atirou outra pedra, depois outra. Logo, arremessava uma saraivada de pedras no rio, uma após a outra, cada vez com mais violência, até que a água turvou-se e encheu-se de espuma sob a chuva de pedras. Num frenesi sem sentido, Orelha-de-pau jogou folhas de árvore, gravetos e torrões de terra – tudo o que tinha a seu alcance.

Finalmente, perdeu o fôlego. Curvou-se esbaforido, comprimindo o estômago, ajoelhou-se na lama da margem do riacho e olhou a água agitada se acalmar.

Se não tivesse se oferecido para levar as peças de Min para Songdo, estaria ali, poderia ter ajudado...

A corrente carregava uma folha num pequeno redemoinho. Os pensamentos de Orelha-de-pau rodopiaram de volta ao dia em que dera o presente ao amigo. Lembrava o prazer solene do Homem-garça e como imediatamente procurara um pedaço de barbante para manter o macaco perto de si, sempre. O Homem-garça nunca sugerira que Orelha-de-pau não fizesse a viagem. Ficara orgulhoso da coragem do menino.

As lembranças se acumulavam em camadas na mente de Orelha-de-pau: a boa-vontade do Homem-garça de discutir assuntos com ele... as histórias que contava, os segredos da montanha que compartilhavam, a interpretação do mundo ao seu redor... o modo como adorava piadas, mesmo às custas de si mesmo e da perna atrofiada.

Outra lembrança invadiu-lhe os pensamentos, como um peixe rompendo a superfície da água. – Onde quer que esteja, Homem-garça – murmurou Orelha-de-pau –, espero que esteja caminhando com duas pernas saudáveis.

As lágrimas caíram, então.

O som do sino do templo interrompeu os soluços abafados de Orelha-de-pau. Vacilante, o menino levantou-se, lavou o rosto no riacho e caminhou devagar para a casa. Min esperava por ele no quintal, com o carrinho e o machado.

Lenha hoje, Orelha-de-pau suspirou. Nada mudara. Tudo estava como antes da viagem.

Não. Nada mais era igual. O Homem-garça se fora. Orelha-de-pau tremeu. Como suportaria o inverno que se aproximava, sozinho no silo frio e úmido?

Min lhe entregou o machado. – Troncos grandes – falou com rispidez. – No mínimo, do tamanho da cintura de um homem.

Orelha-de-pau franziu as sobrancelhas. Por que tão grandes? Claro, troncos assim poderiam ser cortados em pedaços menores para caber nas aberturas do forno, mas isto daria mais trabalho.

– Que há com você, garoto? Não entendeu que recebi uma encomenda real? Não percebe que vai dar trabalho?

Orelha-de-pau baixou a cabeça enquanto as admoestações do velho continuavam. – Como posso fazer tudo sozinho? Como vai poder me ajudar se não tiver um torno seu? E como se pode fazer um torno se você não trouxer troncos de bom tamanho? Vá! – Min fez um gesto de impaciência na direção das montanhas.

Orelha-de-pau já se voltava para partir quando captou o significado total das palavras de Min. *Um torno seu?* Min decidira ensiná-lo a tornear potes! Orelha-de-pau olhou por sobre o ombro, com um sorriso largo e tolo nos lábios. Mas Min já entrara na casa e foi Ajima quem acenou do quintal, pedindo-lhe que voltasse e pegasse um farnel. – Esteja em casa na hora da ceia – disse, ao entregar-lhe a tigela embrulhada. Era a segunda surpresa em tão pouco tempo. *Em casa*, Ajima dissera. Orelha-de-pau olhou para ela, perplexo. Um movimento solene com a cabeça foi a maneira de Ajima confirmar o que acabara de dizer.

– Orelha-de-pau, se concordar em morar conosco daqui para a frente, pediria um favor a você.

– Qualquer coisa, Ajima. – Ao se curvar, Orelha-de-pau sentiu-se um pouco tonto.

– Gostaríamos de lhe dar um novo nome. Concordaria se chamássemos você de Hyung-pil daqui para frente?

Orelha-de-pau baixou a cabeça num movimento brusco, ao lembrar que o filho de Min se chamara Hyung-gu. O nome tinha a primeira sílaba igual! Era uma honra concedida a irmãos. Orelha-de-pau não teria mais um nome de órfão. Só conseguiu concordar sem palavras, mas sentiu o sorriso de Ajima atrás de si, quando se virou para partir.

– Até a ceia, Hyung-pil! – a mulher despediu-se com suavidade.

Orelha-de-pau corria pela trilha, empurrando o carrinho, que se movia aos solavancos. Tinha que refletir sobre muitas coisas e sentiu-se perdido no tumulto confuso de seus pensamentos. *O Homem-garça... um torno para mim... um lar com Ajima, um nome novo... Min vai me ensinar a tornear potes... Homem-garça...*

Orelha-de-pau balançou a cabeça com força, como um cão sacudindo a água dos pelos. Vasculhou a mente à procura de uma imagem que o acalmasse. Um vaso prunus, com um ramo de ameixeira para completar-lhe a beleza... o desejo de fazer um vaso como esse voltou com toda a força, pois agora era mais que um sonho.

Quase conseguia sentir a argila nas suas mãos, avolumando-se no torno – seu próprio torno! – até formar um vaso que era pura elegância. Faria réplicas, dúzias se fosse necessário, até que o esmalte parecesse o jade e a água. E o vaso teria uma incrustação delicada e precisa, com um motivo de – de...

Orelha-de-pau franziu as sobrancelhas e olhou para as montanhas. As árvores, que perdiam as últimas folhas, estavam nuas mas cheias de dignidade no meio do verde inabalável dos pinheiros. O olhar de Orelha-de--pau acompanhou a subida dos troncos e galhos até ver--lhes a silhueta límpida e pura contra o céu.

Quanto tempo teria que esperar até conseguir criar um motivo digno de tal vaso? *Uma colina, um vale...* Um dia de cada vez, viajaria pelos anos até chegar ao desenho perfeito.

Orelha-de-pau inclinou-se para frente e, empurrando o carrinho, subiu a trilha da montanha.

———

Um certo vaso prunus está entre os mais valiosos dos muitos tesouros culturais da Coreia. É o exemplo mais belo de cerâmica celadon com incrustações já descoberto e data do século XII.

A característica mais extraordinária do vaso é o elaborado trabalho de incrustação. Cada um dos quarenta e seis medalhões é formado de um anel externo branco e um anel interno negro. Dentro de cada círculo, incrustada com muita perícia, há uma garça graciosa em pleno voo. Nuvens flutuam entre os medalhões, com mais garças pairando entre elas. E o esmalte possui um matiz delicado de verde acinzentado.

O vaso, chamado de "O vaso das mil garças", foi criado por um artista desconhecido.

Nota da autora

No decorrer das longas eras da história coreana e até tempos bem recentes, poucas pessoas na Coreia viviam desabrigadas. Tanto a tradição budista como, mais tarde, a confuciana preconizavam que as famílias tomassem conta de parentes, mesmo distantes, que passassem por dificuldades. Os que não tinham parentes eram socorridos pelos templos budistas. Morando debaixo da ponte, Orelha-de-pau e Homem-garça seriam, na realidade, exceções na sua época. Porém, tais indivíduos, com certeza, existiram em todas as épocas e lugares.

Os ceramistas de celadon coreanos da era Koryo (918-1392 D.C.) sofreram uma influência inicial dos ceramistas chineses. Não é por coincidência que os dois centros de cerâmica – Puan, onde Ch'ulp'o se encontrava, e Kangjin – eram ambos à beira-mar, com acesso fácil à China através do Mar Amarelo. Mas, com o tempo, os ceramistas coreanos destacaram-se em vários aspectos: as formas simples e graciosas dos vasos; a cor notável do esmalte; a grande destreza patente nas peças moldadas; e, finalmente, a inovação do trabalho de incrustação. Cada peça descrita neste livro existe, na realidade, em um museu ou coleção particular em algum lugar no mundo.

O celadon de Koryo foi famoso no seu tempo e, mais tarde, ignorado pelo mundo durante séculos, com uma exceção: a cerâmica celadon coreana sempre foi apreciada pelos japoneses. Durante as muitas invasões da península coreana, os japoneses sistematicamente saqueavam túmulos reais, que eram as fontes mais ricas de cerâmica celadon Koryo, e transportavam as peças para o Japão. Embora grande parte dessas peças tenha sido devolvida aos museus coreanos, as maiores coleções particulares de cerâmica celadon permanecem no Japão. Os japoneses chegaram ao ponto de sequestrar ceramistas coreanos e levá-los para o Japão, onde exerceriam um papel crucial no desenvolvimento da indústria de cerâmica.

Alguns especialistas especulam que o setor da cerâmica pode ter sido controlado pelo governo durante o período Koryo e que as oficinas de ceramistas em aldeias como Ch'ulp'o não passavam de "fábricas" onde trabalhadores produziam peças projetadas por artistas selecionados. Uma encomenda real poderia se limitar ao projeto da peça, e não à produção em si. Entretanto, esta teoria, se verdadeira, em nada diminuiria a perícia daqueles ceramistas, e foi desta perícia que escolhi tratar ao contar um pouco de sua história.

Uma lei pela qual os filhos dos ceramistas deviam seguir o ofício dos pais foi instituída em 1543, bem depois dos acontecimentos desta história. A lei parece ter tido um precedente, que apliquei ao tempo de Orelha-de--pau, quando a técnica de fazer cerâmicas como ofício familiar era o costume, não uma lei.

A causa das manchas castanhas e do tom impuro do esmalte que arruinaram os primeiros trabalhos de incrustação de Min é agora atribuída à oxidação. Porque contém ferro, o esmalte celadon só adquire o tom desejado se for queimado numa atmosfera com pouco oxigênio. Se ar em demasia entrar no forno durante o processo de queima, o ferro presente no esmalte "enferrujará" e causará a cor indesejada. O problema era de tão difícil solução que muitas das peças de celadon Koryo ainda existentes apresentam marcas de oxidação. Mesmo de posse desse conhecimento e de equipamentos elétricos modernos, os ceramistas de hoje não conseguem reproduzir com exatidão a cor gloriosa atingida por artesões antigos.

Para narrar a viagem de Orelha-de-pau a Songdo, baseei-me no livro *Korea: A Walk Through the Land of Miracles* [Coreia: um passeio pela terra dos milagres], de Simon Winchester. Em 1987, Winchester atravessou a Coreia do Sul, da Ilha Cheju no ponto extremo sul até Panmunjom, na fronteira com a Coreia do Norte. A maior parte da viagem aconteceu exatamente no mesmo terreno que Orelha-de-pau percorreu.

Os leitores podem se perguntar por que não há menção a Seul, a capital atual da Coreia, que estaria na rota de Orelha-de-pau. Seul só foi fundada em 1392, mais de duzentos anos após o período em que os eventos da história acontecem. Mas Orelha-de-pau passa pelo local onde seria construída a capital quando faz uma pausa para contemplar um vale, no Capítulo 12.

Da mesma forma, um mapa moderno não mostrará a localização de Songdo. Songdo mudou de nome para Kaesong e agora está localizada do lado norte-coreano da fronteira.

O pavor de raposas de Orelha-de-pau, aparentemente irracional, pode ser difícil de acreditar, mas talvez valha a pena traçar um paralelo com o medo de morcegos no folclore e literatura ocidentais. Embora os morcegos sejam criaturas inofensivas, motivaram um conjunto de histórias horripilantes sobre vampiros que sugam sangue. Os coreanos da época de Orelha-de-pau pensavam a mesma coisa das raposas, que adquiriram uma mitologia correspondente.

O nome novo de Orelha-de-pau foi escolhido em homenagem a Hyung-pil Chun, cujo nome aparece no registro de muitos museus como o doador de muitas das peças mais preciosas de cerâmica celadon coreana, assim como de outras obras de arte. Exceto pelo fato de que viveu na Coreia no século XX, não consegui obter mais informações sobre esse homem. Porém, graças à sua iniciativa de colecionar e preservar as peças, o público pode vê-las e apreciá-las hoje.

As "Doze pequenas maravilhas do mundo" foram compiladas pelo escritor chinês T'ai-ping Lao-jen numa obra pouco conhecida escrita durante a dinastia chinesa Sung, contemporânea à era Koryo. "Os livros da Academia, os vinhos do Palácio, os tinteiros de Tuan, as peônias de Lo-yang, o chá de Ch'ien-chou, a cerâmica de cor secreta de Koryo... estão todos em primeiro lugar sob os céus." A obra em si não sobreviveu, mas há vários registros de sua existência. Encontrei uma referência a ela no livro *Korean Celadon* [Celadon coreano], de Godfrey St. G. M. Gompertz. Devo a frase "o brilho do jade e a transparência da água" ao título do catálogo da Coleção Ataka de cerâmicas coreanas em Osaka, Japão.

O "Vaso das mil garças" está em exposição no Museu de Arte Kansong, em Seul, Coreia.

GRÁFICA PAYM
Tel. [11] 4392-3344
paym@graficapaym.com.br